魔法科高中的劣等生
司波達也暗殺計畫3
The irregular at magic high school
Plan to Assassinate Tatsuya Shiba
佐島 勤
Tsutomu Sato
tration／石田可奈
Kana Ishida
illustrator assistant／
ジミー・ストーン
Kadokawa Fantastic Novels

術式解體

將想子粒子壓縮成塊，不經由情報體次元直接射向目標引爆，並將目標身上記錄魔法的想子情報體（賦予的啟動式或魔法式等等）擊飛的無系統魔法。雖說是魔法卻是想子砲彈，構造上不包含改寫事象用的魔法式。因此不受「情報強化」或「領域干涉」的影響。此外，砲彈本身具備的壓力也能反彈「演算干擾」的影響。
由於完全沒有物理層面的作用，所以任何障礙物都擋不住，射程短是唯一堪稱缺點的缺點，因此在目前實用化的對抗魔法之中號稱最強，但是所需的想子量龐大到普通魔法師花費一整天也湊不出來，導致使用者極少。
此為司波達也擅長的魔法之一。

「鐵」系列

國防軍調整體開發團隊製造的調整體系列。在改造基因的時候著重於肉體耐久性、體力與想子存量，以長時間的魔法戰鬥為目的而製造。系列名稱「鐵」暗喻「鐵人」，也就是體能充沛又強壯的運動健將。
若宮刃鐵是調整體「鐵」系列的第一世代，在該世代中，其擁有特別龐大的想子存量。
「鐵」系列的調整體全部在事故中喪命，據報目前除了若宮刃鐵沒有其他存活者。

減速領域

以一定的空間為對象，凡是入侵該空間的物質，包括分子運動在內的運動速度都以一定比率下降的魔法。若是將魔法效果提升到極限，也可以讓目標對象靜止。石化之魔女以特殊方式提升魔法發動速度，光是目視對象就能產生減速效果。

「有希小姐！
您閒著不工作真的沒關係嗎？」
（唔呃……飲料裡居然下了藥。）
榛有希
以暗殺為業的少女。看起來年幼，卻是比司波達也大兩歲的十九歲。「身體強化」的超能力者。識別代號是「Nut」。

魔法科高中的劣等生 司波達也暗殺計畫 3

The irregular
at magic high school
Plan to Assassinate Tatsuya Shiba

佐島 勤
Tsutomu Sato

illustration／石田可奈
Kana Ishida

某個超乎常理的少年，

某個暗殺者的少女。

從兩人邂逅的那一刻起，

命運的齒輪將

朝著更為離奇的方向開始轉動——

Kadokawa Fantastic Novels

Character
登場角色介紹

榛 有希

以暗殺為業的少女。
看起來年幼，卻是比司波達也
大兩歲的十九歲。
「身體強化」的超能力者。
識別代號是「Nut」。

鰐塚單馬

有希的搭檔兼照顧者。
執行暗殺任務時
大多全程在後方支援。
識別代號是「Croco」。

櫻崎奈穗

四葉家派遣到有希身邊的
「暗殺者見習生」少女。
使用獨特的「閃憶演算」。
識別代號是「Shell」。

姉川妙子

任職於亞貿社的狙擊手。
只要是槍械都會使用，
尤其精通長距離狙擊。
識別代號是「Anny」。

司波達也

就讀國立魔法大學附設第一高中的二年級學生。
有希遭遇的魔法師少年。
將妹妹深雪視為必須保護的存在。

司波深雪

就讀國立魔法大學附設第一高中的二年級學生。
溺愛哥哥達也。
擅長冷卻魔法。

黑羽文彌

達也與深雪的遠房表弟。
和姊姊亞夜子是雙胞胎。
進行作戰行動時是使用「闇」這個識別代號來稱呼。

黑羽亞夜子

達也與深雪的遠房表妹。
和弟弟文彌是雙胞胎。
進行作戰行動時是使用「夜」這個識別代號來稱呼。

藤林響子

擔任風間副官的女性軍官。
階級為少尉。

黑川白羽

黑羽家旗下的魔法師。
以特務員身分輔助文彌。
甲賀二十一家的後裔。

兩角來馬

擔任殺手組織「亞貿社」社長的老人。
他自己也擁有千里眼的特異能力，
是「不算魔法師的忍者」。

Glossary
用語解說

亞貿社
以超能力者、忍者組成的殺手組織。雖然是犯罪結社，
卻標榜「制裁無法以法律制裁的惡徒」理念。社長是兩角來馬。

超能力者
擁有身體強化等異能之人的總稱。
原先魔法在受到確認的當初，其能力被稱作超能力。
而在西元2094年的現在，多數超能力者成為魔法師。

魔法科高中
國立魔法大學附設高中的通稱，全國總共設立九所學校。
其中的第一至第三高中，每學年招收兩百名學生，並且分
為一科生與二科生。

花冠、雜草
第一高中用來形容一科生與二科生階級差異的隱語。
一科生制服的左胸口繡著以八枚花瓣組成的徽章，不
過二科生制服沒有。

一科生的徽章

CAD
簡化魔法發動程序的裝置，內部儲存使用魔法
所需的程式。分成特化型與泛用型，外型也是
各有不同。

司波達也的 CAD

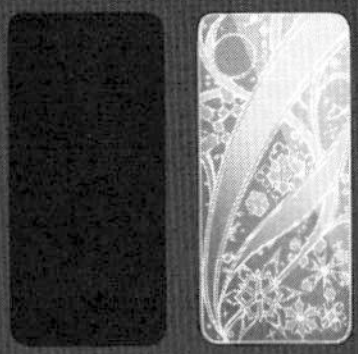
司波深雪的 CAD

Four Leaves Technology〔FLT〕
國內一家CAD製造公司。原本該公司製造的魔
法工學零件比成品有名，但在開發「銀式」之
後，搖身一變成為知名的CAD製造公司

托拉斯・西爾弗
短短一年就讓特化型CAD的軟體技術進步十年，
而為人所稱頌的天才技師。

Eidos〔個別情報體〕
原為希臘哲學用語。在現代魔法學，個別情報體
指的是「伴隨事物現象而來的情報」，是「事象」
曾經存在於「世界」的紀錄，也可以說是「事象」留在「世界」的足跡。依照現代魔法
學的定義，「魔法」就是修改個別情報體，藉以改寫個別情報體所代表的「事象」的技
術。

Idea〔情報體次元〕
原為希臘哲學用語。在現代魔法學之中，情報體次元指的是「用來記錄個別情報體的平
台」。魔法的原始形態，就是將魔法式輸入這個名為「情報體次元」的平台，改寫平台
裡「個別情報體」的技術。

啟動式
為魔法的設計圖，用來構築魔法的程式。
啟動式的資料檔案，是以壓縮形式儲存在CAD，魔法師輸入想子波展開程式之後，啟動
式會依照資料內容轉換為訊號，並且回傳給魔法師。

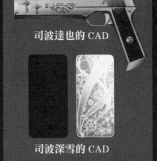

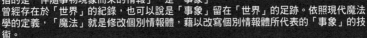

想子

位於靈異現象次元的非物質粒子，記錄認知與思考結果的情報元素。
成為現代魔法理論基礎的「個別情報體」，成為現代魔法骨幹的「啟動式」和「魔法式」技術，都是由想子建構而成。

靈子

位於靈異現象次元的非物質粒子。雖然已經確認其存在，但是形態與功能尚未解析成功。
一般的魔法師，頂多只能「感覺到」活化狀態的靈子。

魔法師

「魔法技能師」的簡稱。
能將魔法施展到實用等級的人，統稱為魔法技能師。

魔法式

用來暫時改變伴隨事物現象而來的情報之情報體，
由魔法師持有的想子構築而成。

魔法演算領域

構築魔法式的精神領域，也就是魔法資質的主體。該處位於魔法師的潛意識領域，魔法師平常可以意識到魔法演算領域並且使用，卻無法意識到內部的處理過程。對魔法師本人來說，魔法演算領域也堪稱是個黑盒子。

魔法式的輸出程序

❶從CAD接收啟動式，這個步驟稱為「讀取啟動式」。
❷在啟動式加入變數，送入魔法演算領域。
❸依照啟動式與變數構築魔法式。
❹構築完成的魔法式，傳送到潛意識領域最上層暨意識領域最底層的「基幹」，從意識與潛意識之間的「閘門」輸出到情報體次元。
❺輸出到情報體次元的魔法式，會干涉指定座標的個別情報體進行改寫。

「實用等級」魔法師的標準，是在施展單一系統暨單一工序的魔法時，於半秒內完成這些程序。

魔法的評價基準（魔法力）

構築想子情報體的速度是魔法的處理能力、
構築情報體的規模上限是魔法的容納能力、
魔法式改寫個別情報體的強度是魔法的干涉能力，
這三項能力總稱為魔法力。

始源碼假說

主張「加速、加重、移動、振動、聚合、發散、吸收、釋放」四大系統八大種類的魔法各自擁有正向與負向共計十六種基礎魔法式，以這十六種魔法式搭配組合，就能構築所有系統魔法的理論。

系統魔法

歸類為四大系統八大種類的魔法。

系統外魔法

並非操作物質現象，而是操作精神現象的魔法統稱。從使喚靈異存在的神靈魔法、精靈魔法，或是讀心、靈魂出竅、意識操控等等，包括的種類琳琅滿目。

十師族

日本最強的魔法師集團。一条、一之倉、一色、二木、二階堂、二瓶、三矢、三日月、四葉、五輪、五頭、五味、六塚、六角、六鄉、六本木、七草、七寶、七夕、七瀨、八代、八朔、八幡、九島、九鬼、九頭見、十文字、十山共二十八個家系，每四年召開一次「十師族甄選會議」，選出的十個家系就稱為「十師族」。

含數家系

如同「十師族」的姓氏有一到十的數字，「百家」之中的主流家系姓氏也有十一以上的數字，例如「『千』代田」、「『五十』里」、「『千』葉」家等等。
數字大小不代表實力強弱，但姓氏有數字就代表血統越純正，可以作為推測魔法師實力的依據之一。

失數家系

簡稱「失數」，是「數字」遭受剝奪的魔法師族群。
昔日魔法師被視為武器暨實驗樣本的時候，評定為「成功案例」得到數字姓氏的魔法師要是沒有立下「成功案例」應有的成績，就得接受這樣的烙印。

The International Situation

2096 年現在的世界情勢

以全球寒冷化為直接契機的第三次世界大戰——二十年世界連續戰爭大幅改寫了世界地圖。世界現狀如下所述：

USA合併了加拿大以及墨西哥到巴拿馬等各國，組成北美利堅大陸合眾國（USNA）。

俄羅斯再度吸收烏克蘭與白俄羅斯，組成新蘇維埃聯邦（新蘇聯）。

中國征服緬甸北部、越南北部、寮國北部以及朝鮮半島，組成大亞細亞聯盟（大亞聯盟）。

印度與伊朗併吞中亞各國（土庫曼、烏茲別克、塔吉克、阿富汗）以及南亞各國（巴基斯坦、尼泊爾、不丹、孟加拉、斯里蘭卡），組成印度、波斯聯邦。

亞洲阿拉伯其餘國家，分區締結軍事同盟，對抗新蘇聯、大亞聯盟以及印度、波斯聯邦三大國。

澳洲選擇實質鎖國。

歐洲整合失敗，以德國與法國為界分裂為東西兩側。東歐與西歐也沒能各自整合為單一國家，團結力甚至不如戰前。

非洲各國半數完全消滅，倖存的國家也只能勉強維持都市周邊的統治權。

南美除了巴西，都處於地方政府各自為政的小國分立狀態。

〔序章〕

首都西方，位於多摩地區北部，人口將近二十萬人的中型都市。

名稱暫定是「Ｋ市」吧。雖然搭乘大眾交通工具只要二十分鐘左右就能進入副都心的鬧區，但基於「在地隨手可得」的需求，這裡也有堪稱「不夜城」的一角。在「Ｂ ｔｏ Ｃ」發達的這個二十一世紀末，「在地」需求最強烈的領域，或許是每天這種小小的娛樂。

雖然種類不如都心或副都心鬧區那麼豐富，不過在這種規模的都市，能夠滿足「隨手可得」這種需求的「店」一應俱全。其中包括了沒有實體店面，不以店舖招待客人的「店」，踩在法律灰色地帶的「店」，以及明顯違法的「店」。

二〇九六年十月的第一個星期五。考慮到這裡是小酒吧或酒店鱗次櫛比的陰暗小巷，時間又是晚上十點多，她們三人明顯格格不入。

一人身穿以荷葉邊裝飾的連身裙。

一人身穿格紋迷你裙加上過膝襪。

一人身穿短褲並裸露雙腿。

雖然不是身穿國中或高中制服的女孩，但三人穿著像是青少年時尚網站會刊登的服裝，她們本人搭配這些服裝也沒有突兀感。換句話說，三人是十五歲左右的少女。

即使距離都心或副都心不遠，不，或許該說正因如此，所以這個時間的這個地區沒有能讓國高中生享樂的遊樂設施。如同沾上世俗塵土的骯髒大人所想像，她們不是為了享樂，而是為了取悅——想要賺取對方做為代價而支付的金錢，才會站在陰暗的小巷。

雖說「站在陰暗的小巷」，但她們沒有悲愴感。共通點在於滿不在乎的氣息。這或許證明了隔著世界大戰反轉（也有不少人說是「回復正常」）至今的性道德意識開始弛緩。

她們並非打從一開始就是三人。十分鐘前的人數是十倍。這三人與其說是賣剩的，不如說是繼續留在這塊「地盤」精挑細選。

她們並不是急著缺錢花用。陪男性「玩樂」也只不過是當成賺點零用錢。這姑且算是一種「生意」，但她們自己毫無專業意識，如果沒有好對象，只要不接客直接走人就好。事實上，她們之間也開始出現「今晚回去吧」的聲音。

格紋迷你裙的少女看向巷口，進行今天最後的品評。

「咦？」

然後不禁發出符合年齡的聲音。

「什麼？」「怎麼了？」

連身裙與短褲的工作伙伴詢問迷你裙少女，同時轉向她所看的方向。

該處有一名雙馬尾少女，服裝風格和三人差不多，收起的陽傘掛在左手。年齡和國三的她們相同或是再小一點。

「認識嗎？」

「不認識。」

「我也不認識。」

像是不懂門路般轉頭張望的少女，是三人沒看過的「新面孔」。

「等一下！那邊的妳！」

短褲少女呼叫雙馬尾少女。其他行人肯定也聽到她的聲音，卻只有那名少女起反應。

雙馬尾少女即使突然被搭話，也毫無畏懼或提防的樣子，小跑步接近三人。

連身裙少女稍微板起臉，大概因為雙馬尾少女和她走相同風格，客觀來看也比較漂亮吧。即使外型比較年幼，考慮到她們的客層也只會加分，沒有扣分的要素。

「晚安。」

接近到可以正常交談的距離，雙馬尾少女以親切笑容向短褲少女搭話。

「姊姊們是當地人嗎？」

「是啊。在這一區算是老手。」

失去先機的短褲少女虛張聲勢，想要隱藏畏縮的氣息。雖然稱不上順利成功，但是雙馬尾少女看起來沒察覺。

「太好了。」

雙馬尾少女說完，做作地將雙手疊在胸前。

「我正在找這樣的人。」

「……什麼意思？」

不只是短褲少女，三名少女都以疑惑眼神看向雙馬尾少女。

「我想找人把我引介給這裡的老大。」

另一方面，雙馬尾少女似乎不在意她們這些不友善的視線，依然笑咪咪回答短褲少女的問題。

「希望能讓我拜個碼頭。」

「啊啊……原來如此。」

迷你裙少女出聲接受她的說法。

雙馬尾少女說她想向掌管這個地盤的人（不一定是黑道）行個見面禮，證明這名少女不是外行人，也藉此表明沒有大鬧地盤的意思。

「心態可嘉喔。」

連身裙少女高姿態對雙馬尾少女說。

即使這句話明顯在逞強，雙馬尾少女依然低姿態說聲「謝謝您」回應。

三名少女眼中的警戒感消失。

取代警戒感的是對於同行的親切感，以及對於新人的驕傲感。

「我是美香。妳是？」

迷你裙少女問。

「啊，抱歉還沒自我介紹，我是千穗。請多多指教。」

雙馬尾少女——櫻崎奈穗如此自稱。

迷你裙少女「美香」獨自帶著奈穗來到一間小小的夜店。

「等我一下。」

美香在後門讓奈穗稍等，按下門鈴。

（唔哇！那個不就是虹膜辨識功能嗎？）

站在不遠處看著這一幕的奈穗，在內心不由得驚呼。

藉由虹膜辨識確認身分，如今並非普遍的認證系統。因為和臉孔辨識一樣，使用高解析度鏡頭就能從遠處辨識，也就是可以擅自查明個人身分，像這樣侵害隱私被視為問題，所以已經立法管制這種系統的設置。

但是反過來說，不讓對方注意就能悄悄確認身分。對於將其視為優點又不尊重法律的人們之間，從一開始就逕自重用這種虹膜辨識系統。

（以普通的少女賣春組織來說，這也太誇張了……）

奈穗暗自心想「可能終於中籤了」，以對講機交談的美香轉身看她。

「他們答應見妳。」

「謝謝您。」

奈穗立刻鞠躬致意，就這麼像是緊張般看著下方。這是在迴避虹膜辨識系統的紅外線鏡頭。這種程度無法完全防止系統擷取虹膜樣式，卻也不是毫無意義。奈穗在訓練時徹底學習到隱藏身分的必要性。

門從內側解鎖開啟，美香以視線催促奈穗。

「那個……？」

美香只按著門沒主動入內，奈穗對她稍微歪過腦袋。

「抱歉，他們沒叫我進去，妳自己進去吧。」

美香一臉歉意地說。

「請不用在意，謝謝您帶我過來。」

其實美香沒一起進去比較方便行事。奈穗稍微節制笑容，輕輕點頭致意。

◇　◇　◇

一男一女在不遠處停靠的車上，看著奈穗進入夜店。

「看來順利潛入了。」

「連目標都還沒成功確認喔。」

女性是識別代號「Nut」的榛有希，男性是識別代號「Croco」的鱷塚單馬，奈穗的識別代號則是「Shell」。原本是有希與鱷塚兩人搭檔行動，不過奈穗從今年春天以「殺手見習生」的身分加入。

「這次的目標行事謹慎，不會這麼輕易露出破綻。所以才會派Shell進去吧？」

「該說不愧是軍人嗎？但我原本不想在這份工作用到她……」

這次有希受命殺害的對象，是任職於這座城市基地的軍人，叫做米津上尉。

如鱷塚所說，米津行事謹慎到膽小的程度，有希接下這份工作已經過了兩週以上，卻依然找不到機會下手。

米津在基地外面租房子住。不是官兵住宅，是民間的出租公寓。相較於住在基地的軍人，下手的機會肯定比較多——有希接下這份工作的時候是這麼想的。

然而米津的住處總是有士兵看守。而且似乎不是護衛，而是在監視米津。覺得不對勁的有希重新委託公司調查，得知了新的事實。米津上尉在陸軍內部的權力鬥爭敗北，被當成需要注意的人物而受到監視。

有希與鱷塚向社長抗議「和之前說的不一樣」。兩人原本只知道要「暗殺陸軍上尉」。雖然這件事本身不是謊言，但是既然目標受到軍方監視，難度就會三級跳。如果故意隱瞞這個事實，甚至可以說是一種詐騙。

社長當然反駁說「我也不知道，這不是故意的」，而且暗殺的委託已經接了，事到如今無法中止。到最後只成功請客戶延長期限。

重新清查目標的行動模式之後得知，似乎只在「祕密享樂」的時候沒被監視。

不是監視的那一方有所顧慮。

是米津利用了監視不到的祕密基地。

軍方只要來硬的，米津當然不可能阻止他們入侵，但是監視並非基於正式命令，是以非法行動的形式在進行。對於監視的一方來說，要是在市區造成騷動也不太方便。

奈穗進入的店就是「祕密基地」。那間夜店是這個區域少女賣春總管的根據地。

那間店不只用來收取保護費，也具備提供上賓「享樂」的包廂。而且有希知道米津是那裡的「上賓」。

「Shell那傢伙，能夠順利克服難關嗎？」

有希語氣平淡，表情卻明顯籠罩陰影。

鱷塚沒笑她過於操心。

「我覺得應該不會派新人服務老主顧……但是不知道目標的興趣怎麼樣。萬一被看上……她一個人可能很難成功。」

鱷塚的意見和有希擔心的一樣。而且有希認為變成這樣的可能性不低。對於喜愛少女（在性慾方面）的男性來說，奈穗堪稱具備理想的容貌。

「……我還是潛入吧。」

「很危險耶？因為妳也在他們的好球帶。」

聽到鱷塚這番話，有希一臉厭惡地板起臉。對於遍尋國中生以下少女買春的戀童癖來說，有希在他們的好球帶。即使極度接近事實，實際年齡十九歲的有希也難以接受。

「……沒問題吧。我甚至特地準備了『介紹信』，他們應該不會在檯面上的生意丟『客戶』的臉。」

但是有希自己都難以否定，所以她找別的理由避免提到這一點。

「很難說。對方是真正的黑道。」

「正因為是本業喔。雖然『舶來品』可能不在乎道義，但是『國產品』不會輕易打破規矩吧。」

「是沒錯啦，比起中國黑幫，他們應該不會亂來。」

「這種工作，多少都會附帶一些風險。」

以迷彩開襟長上衣、短褲與V領襯衫打扮出成熟風格（但是看起來依然比實際年齡還小）的有希，打開副駕駛座的車門。

「請慎重行動喔。」

鱷塚在駕駛座說完，下車的有希就這麼背對著他舉起單手回應。

◇◇◇

後門的另一側站著身穿黑西裝的男性。年齡約二十上下，最小不會低於十六歲。他說聲「跟我來」，奈穗乖乖照做。

這間店不算大。因為是夜店，所以當然有表演空間，舞池也保有相當大的面積。後場也因而特別狹小吧。走進後門旁邊就是通往地下樓層與二樓的階梯。

奈穗被帶往地下樓層。調暗的照明如實營造出地底世界的氣氛。

雖說是殺手見習生，但奈穗畢竟是十五歲的女生。聞得出失身危機的空氣使她不禁感到緊張。

「須須木先生，我是浩人。」

「進來。」

黑西裝男性好像叫做「浩人」。「須須木」是總管的名字吧。不知道是不是本名。對於奈穗來說，這件事比較沒那麼重要。

「打擾了。」

黑西裝男性以訓練有素的感覺打開地下室的門。

「進去。」

這是浩人對奈穗說的話語。

「打擾了……」

不必刻意裝出提心吊膽的聲音與態度。地下室洋溢著令奈穗畏縮的氣息。

雖然這麼說，但是不到卻步的程度。奈穗踏入室內一步之後按照預定，帶著稚氣低頭致意。

「那個，我是千穗，前來向您請安。」

「我是須須木。再靠過來一點。」

坐在深處座位的偏瘦男性回應奈穗。年齡約四十歲左右吧。雖然偏瘦卻沒有軟弱的感覺，是一名臉孔與體格都令人覺得犀利的男性。

「是……」

奈穗以略感躊躇卻不會令對方煩躁的速度，走向地下室深處。

接近之後，坐在須須木正對面的男性長相清晰可見。

（賓果。）

奈穗在內心低語。

坐在總管正對面，視線如同舔遍奈穗般看過來的男性，就是本次工作的目標對象，國防陸軍的米津上尉。

奈穗故意看向米津，接著立刻轉回正前方，視線向下。

須須木露出像是鄙視的笑容。奈穗剛才的舉止，令人覺得是承受不了好色視線的清純女孩。「妳這樣接得了客人嗎？」掌管少女賣春的總管傻眼心想。

「第一次做這種工作？」

「是……是的。那個……不久之前都在當小三，可是『爸爸』破產了。」

「真是苦了妳啊。」

奈穗的回答是為了這份工作編出來的設定。幸好須須木看起來沒懷疑。

「我這裡沒在引薦『爸爸』，但如果妳比較喜歡那樣，我可以介紹仲介給妳哦？」

「啊，不，我希望暫時自由賺點零用錢……」

「這樣啊。總之，隨便妳吧。」

須須木敷衍附和，奈穗回以討好的笑容。

「妳今天可以回去了。在這裡賺錢的詳細條件去問浩人。」

「謝謝您。」

奈穗放鬆的聲音不是裝出來的。她也預想過對方要求當場「脫掉衣服」或「試吃」的狀況。現在這是她想像範圍之中最稱心如意的發展。

「老闆，方便借一步說話嗎？」

不過，看來要安心還太早。

「上校，什麼事？」

（上校？）

「老闆」應該是須須木，那麼「上校」指的肯定是米津。

（是軍階的那個「上校」吧？明明是上尉，為什麼要人叫他「上校」？）

奈穗覺得「臉皮真厚」而傻眼。以她的角度看，上尉也已經是相當高的地位，不過米津似乎對現在的階級有所不滿。

（就算這樣，叫「上校」也太勉強了吧……）

奈穗甚至同情起米津。

不過，她這麼想是一種逃避現實的做法。

「今晚就用這個小妹妹如何？」

奈穗表情緊繃，並不是米津的話語出乎她的意料，而是因為這個發展早在她的意料之中，即使不希望成真，但是十之八九不會落空。

「這麼突然。但我不想讓毫無實績的女人接待上校這樣的貴賓。」

（沒錯沒錯！）

奈穗在心中聲援須須木。

換個想法，被米津「買下」是一大機會。奈穗也帶著工作用的武器。

然而她對於逃走路線還沒有頭緒。即使能順利解決目標，也想像不到自己成功逃脫的光景。

「有什麼關係呢？在這裡不會發生危險吧？」

「……既然您這麼說，那就沒辦法了。」

須須木搔了搔腦袋，冷冷瞪向奈穗。

「說到在我地盤工作的條件，保護費只抽一成。很有良心吧？相對的，不准拒絕我介紹的工作。逃走也無妨，不過到時候最好再也別接近這塊地盤。」

須須木說完咧嘴一笑。這張笑容形容為「齜牙咧嘴作勢恐嚇」比較合適。

「……知道了。」

「好。那麼這是妳的……叫什麼來著，千穗的第一份工作。這位尊稱為上校，今晚侍候這一位到他滿意為止。」

即將潛入之前，奈穗受命帶著ＳＯＳ的發訊器。有希肯定也和鱷塚在附近伺機而動。

然而有希即使不是普通人，卻也不是超人。不，或許應該說她不是女超人。總之即使呼叫也不會在數秒或數十秒內飛過來，不是這種方便的救星。

而且這並不是決定性的危機。遭遇危險的「頂多」只是自己的貞操。既然使用了美人計，當然得甘願承受這種風險。

「……是。」

奈穗在這時候只能答應。

◇　◇　◇

多虧介紹信，有希沒被誤認為應召女郎，成功以客人的身分進入夜店。

（唔呃……飲料裡居然下了藥。）

不過，她點的卡魯哇牛奶被人擅自摻入藥物。

（冰毒？不對，是興奮劑？）

有希擁有幾近完美的藥物抗性。只要不是直接破壞人類細胞的「藥物」，任何毒藥或麻藥都對她無效。

所以只服下少量「春藥」並不會造成實際的危害，不過她可沒瘋狂到明知酒裡下藥還喝光。

何況要是這麼做，會被人發現她不是普通人。即使假裝藥效發作，內行人也會立刻看穿吧。她沒有過度信任自己的演技。

基於這個原因，有希只將玻璃杯送到嘴邊一次就立刻離席，在舞池裡隨著旋律適度舞動。依照她的經驗，比起默默坐在椅子上，跳舞比較不必遭受無謂的搭訕。

店內的視線集中在有希身上。從技術層面來看，她的姿勢與舞步都很隨便，但她真正的運動能力和周邊的年輕女孩不一樣。

有希的異能「身體強化」是提升肉體的強度、肌力、知覺能力與反應速度。並不會自動補正身體的動作。

為了將「身體強化」活用到極致，一開始是在她也不知情的狀況下，被父母灌輸「忍者」的體術，自覺擁有異能之後持之以恆進行自主訓練。只學到一點舞蹈皮毛的少女，完全比不上有希動作的力道與躍動感。雖然有希的體型以女生來說也相當嬌小，但即使是身高超過一八〇公分，充滿自信前來邀舞的男性，都被她釋放的存在感震懾。

有希不太在意自己引人注目。因為在這種場所，「正常地」引人注目比較不會有人起疑，這也是她基於經驗得知的道理。

有希以（對她來說的）熱身的程度活動身體，適度應付前來邀舞的男性消磨時間。

（……奈穗那傢伙真的沒問題嗎？）

她的意識沒朝向舞池或搭訕的舞伴，而是將注意力集中在鱷塚會打的電話，以及奈穗可能會傳來的ＳＯＳ訊號。

（總之，沒發生「萬一」比較好。）

只要思考這種事，總是會產生「插旗」效果。

雖然不會累但是膩了，所以坐一下吧。

有希如此心想的下一秒，藏在頭髮底下的收訊機捕捉到奈穗的ＳＯＳ訊號。

◇　◇　◇

奈穗被帶到地下二樓的「禁閉室」。

看見鐵格柵的瞬間，她在內心大喊「變態！」，感受到強烈的危機。

這層印象沒錯。實際上米津是變態，奈穗陷入絕境，即將遭受魔掌。

但她正面臨另一種更嚴重的危難，只穿著內衣的她，將剛才被脫掉的衣服抓過來遮住身體，癱坐在榻榻米上。

（咦？什麼？發生了什麼事？）

睜大雙眼僵住的表情，並不是裝出來的。

鐵格柵的外側，不是黑西裝而是黑上衣的兩名年輕男性倒在血泊中。兩人都是喉嚨被割開。無須確認就知道是當場死亡。

事件發生在一剎那。在須須木手下們的注視之下（米津是有觀眾會比較興奮的真正變態），奈穗衣服與襪子都被剝掉，全身只剩下內衣褲的時候，那個男人出現了。

連發出聲音的時間都不給，這名年輕人就割開兩名黑上衣男性的喉嚨，俯視著癱坐的奈穗與摔個四腳朝天的米津。

奈穗毫不猶豫以緞帶造型頸鍊內藏的發訊器求救。

她一眼就知道自己在這個狀況沒有勝機。

用為武器的「傘」和鞋子包包一起放在鐵格柵外側。即使手上有武器，至少也要距離十公尺以上，否則自己想打也打不了吧。

（這傢伙是……什麼人？）

只以手指隨便梳過的短髮。牛仔褲、運動鞋與薄外套。是這附近常見的打扮。唯一像是法外之徒的特徵，就是他在夜晚依然戴著墨鏡吧。不過這也在服飾打扮的範疇。身高大約一七五公分左右，體型不胖不瘦，總體來說是極為平凡的外表。

但他絕對不可能是外行人。用不著看他殺害夜店人員的手法，奈穗也會這麼想吧。光是拿著刀刃約二十公分的尖刀站在那裡，就令人覺得他不是普通人。

但也覺得他和殺手不太一樣。

（軍人……？不，像是傭兵……）

奈穗的思考，沒有將她內心的印象正確轉換為言語。若要正確形容她現在的感覺，應該叫做「逃兵」。

身為獵殺者，同時也是被獵殺者。奈穗從年輕人身上感受到這種走投無路的氣息。

「你……你是誰？」

就這麼坐著後退到牆邊的米津，以高八度走音的聲音詢問。身為軍人的米津態度如此膽小，坦白說不忍卒睹，但是奈穗無心嘲笑，她也同樣站不起來。

只不過，站不起來的原因或許有點不同。

不是因為軟腳。奈穗之所以站不起來，是基於更迫切的原因。

最好不要貿然行動——別讓對方看見這邊能動。

這名年輕男性纏繞的殺氣令奈穗這麼想。

年輕人將握著刀子的右手垂下，俯視奈穗與米津。

「鐵。」

年輕人第一次說話。與其說低沉更像是沙啞，缺乏年輕活力的聲音。

不是年老。也和「厭倦人生」不太一樣。這聲音像是反映了嚴重磨耗的心。

（鐵……「鐵」？）

這恐怕是對於「你是誰」這個問題的回答。

但是奈穗沒把這個字當成這個年輕人自己的名字。

不是因為「鐵」這個名字稀奇。她是從青年的語氣感覺到這一點。

「鐵……？你是『鐵系列』的逃兵？」

木津就這麼以高八度走音的聲音大喊。

（「鐵系列」？）

在某處聽過這個詞。奈穗心想。

（聽起來感覺應該是調整體的名稱……）

奈穗試著回想，希望能成為打破僵局的線索，但她的努力被米津後續的話語中斷。

「記……記得你是若宮一等兵對吧？」

米津這句話使得年輕人——若宮的表情像是吃驚般動了。

不知道是對於自己的名字為人所知感到意外，還是對於米津記得他的名字感到意外。

但是若宮立刻回復為原本面無表情的模樣。

「你想對我做什麼？」

米津背後緊貼牆壁，依然白費力氣動著雙腿想要後退，同時如此大喊。

若宮默默走向鐵格柵，朝著沒上鎖的門伸手。

「咿咿咿！」

米津放聲哀號。

「我……我沒有，參……參與你們的實驗啊！」

「……你蓋過章吧？」

若宮輕聲說。

奈穗因而大致猜到端倪。

（這個人，曾經被當成實驗台……）

「那是程序所需！就算我一個人反對也改變不了什麼！」

（那不就是贊成了？）

聽到米津的辯解，奈穗在心中吐槽。

身為調整體又是逃兵的年輕人不發一語。

他默默踏出腳步。

鞋底猛蹬榻榻米，一口氣拉近距離。

刀子刺向米津的喉頭。

「咿！」

奈穗的嘴自然發出哀號。

若宮以鮮血不會濺到身上的方式抽回刀子，轉身面向奈穗。

奈穗維持癱坐的姿勢，仰望他絲毫沒有動搖的冰冷雙眼。

（——要被殺了。）

就在奈穗如此心想的這時候。

嬌小的人影無聲無息衝進地下二樓的此處。

◇　◇　◇

「Croco！」

收到求救暗號的有希，迅速移動到舞池最嘈雜的場所，不是以電話，而是以近距離無線電呼叫鱷塚。

『Nut，怎麼了？』

鱷塚語氣沉穩，有希由此理解到他沒掌握狀況。

「奈穗傳了SOS。我要去救她。」

有希像是要去拯救被醉鬼纏上的好友般，以被人偷聽也無妨的輕鬆語氣對鱷塚說。

『請等一下！先說明狀況……』

「已經SOS了，沒這種時間說明。」

有希關閉無線電，快步走向店內深處。

穿越舞池之後，她消除自己的氣息。

吧檯後方的店員露出「咦？」的詫異表情。他以為這名女性客人要來點單而做好準備，這名客人卻像是在他眼前突然消失。

有希來到標示「STAFF ONLY」的門，往自己的方向拉。

門沒上鎖。

（哈！漏洞百出。）

後門再怎麼嚴加警戒，入內之後就通行無阻。真像是鄉下黑道的脫線作風……有希在內心嘲笑。以全國標準來看，這座K市絕對不是鄉下地方，但是有希曾經和盤踞在大都市鬧區的黑道過招好幾次，以她看來就是這麼回事吧。

只不過，雖然對於有希來說或許是通行無阻，但店員姑且有在守門。只是即使視線看過來也沒能發現她罷了。

隱形術。

不是魔法，是忍者的技術。有希無法使用古式魔法「忍術」，但是除了魔法與閨房術以外的忍者技術，她都有相當高的造詣。尤其是使用小型刀劍的格鬥術與隱形術，她的造詣在現代存活的忍者之中，也只差一步就達到超一流的水準。以街上打架高手的水準無從識破。

她就這麼消除氣息前往地下室。往下走兩階的時候停頓片刻，然後加快腳步。

（血腥味？）

剛才停下腳步，是因為聞到凝聚在地下的血腥味。

即使擔心奈穗的安危而加快腳步，也沒忘記消除腳步聲。

即使看見地下一樓所有人遇害的慘狀，也不再停下腳步。

有希化為悄然接近的影子，衝向奈穗被囚禁的地下二樓。

然後她在認出禁閉室的時候停下腳步。

不是因為看見變態性慾充足的器材設備傻眼——不，有希傻眼了，但這不是她停下腳步的原因。

（……這傢伙是誰？）

俯視奈穗的年輕人——若宮釋放非比尋常的氣息，有希不得不提高警覺。

站姿並非毫無破綻。如果沒隔著鐵格柵，可望在若宮的刀子命中奈穗之前賞他一招。只是如果演變成這樣，有希無法想像出招的自己能夠全身而退。

刺中對方身體的下一秒，自己也會遇刺。有希不禁這麼覺得。

踏入這個房間的同時，有希發現倒在房內深處的米津屍體。是誰殺了他？現狀一目瞭然。凶手只可能是這名青年。

（……應該不是為了錢。）

洋溢這種氣息的人，有希曾經看過。

（復仇嗎……？）

有希知道的那個復仇者不是拿刀，而是拿槍。眼前年輕人身上的氣息，和那個為了發洩怨恨而捨命不斷殺人的男人很像。

「夏小姐！」

奈穗以預先說定的假名稱呼有希。

「千穗，還好嗎？」

「我沒事。夏小姐您這樣才危險，請退後！」

有希從擋住出入口的位置移開。

——別刺激眼前的男性。

奈穗那句話，有希是這樣解釋的。

俯視奈穗的若宮抬起頭。

他先看向有希，接著視線移向門沒關的出入口。

若宮看起來沒在提防有希。

他右手握著染血的刀，就這麼鑽過鐵格柵的門，經過有希身旁，走出房間。

聽不見上樓的腳步聲之後，有希進入禁閉室。

同樣在腳步聲消失之後解除警戒的奈穗開始穿衣服。

有希走到橫躺在牆邊的米津身旁蹲下，檢視喉嚨的傷口。

「這傷口……」

有希蹙眉低語。

「哪裡奇怪嗎？」

扣好連身裙鈕釦的奈穗，一邊綁著胸前的緞帶，一邊走到有希身後。

有希搖頭站起來，轉身面向奈穗。

「這不是刀傷。」

「咦？可是我看見他用刀子刺殺啊？」

有希這句話，使得奈穗一臉狐疑歪過腦袋。

「無論使用多麼鋒利的刀，只要摩擦力不是零，切口都會往砍殺或刺殺的方向拉。這傢伙的傷沒有這種拉扯的痕跡。」

「不過聽說劍術達人砍出的切口，俐落到能讓砍殺的對象沒察覺被砍。」

「很抱歉，我沒見過這種達人。不過，我和砍得出這種切口的傢伙交手過。」

奈穗對有希這段話露出深感興趣的表情。

「是什麼樣的對手？」

「是魔法師……妳看這個。」

奈穗一副無法接受的表情，所以有希補充說明。

「切口邊角變得像是溶化對吧？」

「……真的耶。」

奈穗將臉湊向米津屍體，窺視喉頭傷口之後點點頭。

「這是以魔法『高頻刃』砍出的傷口特徵。」

「聽您這麼說……我也想起之前從教官那裡學過。那麼，剛才的男性果然是……？」

「看來妳有聽到某些情報。不過現在先逃出這裡吧。」

「說得也是。」

奈穗說完走出鐵格柵穿上鞋子，回收包包與傘。

「讓您久等了。」

「沒忘記東西吧？」

確認奈穗點頭之後，有希跑向階梯。

◇◇◇

幸好沒被任何人盤問，有希與奈穗成功逃出夜店和鱷塚會合。

「發生了什麼事？」

駕駛座的鱷塚問。語氣與其說是擔心更像不安。大概是從兩人回來時的臉色察覺發生了反常事態。

這個問題使得有希蹙眉。但是僅止於此。她沒有拒絕回答。

「目標被搶了。」

「被搶……？意思是被別的殺手殺了？」

「沒錯，已經確認目標死亡。雖然不得已，但是這份工作結束了。」

「這並不是最壞的結果……如果公司願意接受就好了。知道凶手是誰嗎？」

有希他們接下殺人委託時，是將其當成伴隨不少代價的工作。可不能因為目標死亡就「可喜可賀」。

客戶或許會接受，不過以組織來說不能忽略「來不及殺掉目標」這個事實。至少必須釐清為什麼變成這種結果。

「我看見下手人物的長相。關於那傢伙的身分，Shell好像有聽到某些情報。」

依照工作時的守則，有希以代號稱呼奈穗之後看向她。

奈穗點頭回應有希的視線。

「我在旁邊聽到殺手和目標的對話。下手的男性叫做若宮，好像是曾經掛階一等兵的逃兵。動機應該是怨恨沒錯。若宮一等兵是調整體，曾經在軍方研究所被當成實驗台的樣子。」

「被當成實驗台的怨恨嗎……」

有希懷著認同的心情低語。

「意思是米津曾經參與那個實驗？」

「好像至少曾經處於批准實驗進行的地位。因為當時提到『蓋章』。」

奈穗回答鱷塚的疑問。鱷塚沒繼續發問，看來對這段說明感到滿意。

「……既然是這種隱情，社長或許會接受。因為妨礙正當的復仇違反社長的原則。」

鱷塚像是說給自己聽般低語。

「但願如此……」

有希由衷附和。

【1】

二〇九六年十月六日，十月第一個星期六。

時間已經將近中午，但有希依然穿著睡衣趴在自家餐桌，以左臉頰貼著桌面。

奈穗將一杯蜂蜜牛奶熱咖啡放在她的鼻子前方。

有希就這麼將臉貼在桌面舉起單手，向奈穗表達謝意。

「真是的……有希小姐，您這樣很散漫喔。」

「昨天的『說教』累死我了。雖然好不容易說服上頭不追究，可是比工作還累……」

他們昨晚在那之後回到公司，向社長與常務董事報告目標被搶的原委。社長正如預料對有希他們的說明表達理解之意，但是常務董事沒這麼輕易接受。

無論對方有什麼隱情，沒能完成工作的事實不變，常務董事遲遲不改這種態度。何況對方是以打破行規聞名的業界黑名單人物，那就更不在話下了。

有希與鱷塚都不知道，昨晚的若宮逃兵在最近這一年以「Ripper」這個代號屢屢在各家地盤惹是生非，是惡名昭彰的自由業殺手。

最後是社長下達「聽他們的說明，當時的狀況無法阻止『Ripper』介入，認定是榛的失態也太過分了」這樣的裁定，有希與鱷塚得以無罪釋放。不過在這之前的解釋過程，使得兩人都精疲力盡。

此外，奈穗沒在場。她沒分擔有希與鱷塚解釋時的辛勞。

這也是當然的，奈穗雖然是團隊成員，卻不是亞貿社的職員，毫無道理遭受亞貿社幹部的譴責。

只是雖說當然，卻只有自己免於遭殃，奈穗對此感到愧疚，所以今天在「某種程度」容忍有希自甘墮落。不過也達到極限了。

「話是這麼說，可是差不多快中午了喔！我明明辛苦準備餐點，您這樣永遠都吃不完吧？」

「早餐的話，免了……」

「是早午餐！如果沒吃掉，午餐也別想吃喔！」

「這就……傷腦筋了……」

有希說著慢吞吞起身。其實她早就餓了。

她拿起咖啡杯，將內容物一飲而盡。

「好苦……」

接著打個小小的呵欠輕聲說。

聽到這句細語的奈穗想維持撲克臉卻失敗了。

蜂蜜牛奶咖啡配合有希的味覺，肯定是甜到普通人喝不下去的飲料才對。奈穗昨天也端一樣的飲料給有希，但她當時沒說「好苦」。看來今天的有希比以往更嗜甜。

「有希小姐，請不要趴在桌上睡回籠覺！要吃飯了！」

奈穗斥責著即將再度沉到桌面的有希，俐落地將餐盤端上桌。

香甜的味道在飯廳擴散。加楓糖煎熟的白肉魚刺激有希的食慾。有希重新坐正拿起筷子。

碗裡的飯是糙米。這是奈穗最近的喜好，終究不是甜的。

有希開始將料理大口吞下肚。

就這麼迅速清空餐盤。

「感謝招待。」

有希合掌道謝，奈穗回應「粗茶淡飯不成敬意」的這個時候，牆上安裝的視訊電話響起來電鈴聲。

奈穗跑到操控面板確認來電者。

「誰打來的？」

有希轉身問，奈穗以嚴肅表情回答：「是文彌大人。」
有希板起臉，粗魯擦拭自己的嘴巴周圍，將餐巾扔到桌上，身體連同椅子轉過來。
「……好，幫我接通。」
奈穗點點頭，操作面板。
四十吋螢幕映出中性的美少年臉龐。
『嗨，有希。妳正在用餐嗎？打擾到妳了嗎？』
有希發出小小的咂嘴聲。嘴巴周圍肯定沒殘留髒污，是鏡頭拍到用完的餐具嗎？
「剛好吃完，所以沒關係。是工作嗎？」
有希不講廢話，直接詢問。
『是工作。』
文彌也直截了當回答。文彌與有希不是會閒聊的交情，這可說是理所當然的反應。
「既然是文彌給的工作，所以和『那個人』有關？」
『沒錯。』
有希抗拒般板起臉。有希以前吃過苦頭，這份記憶使得她對「那個人」——司波達也抱持敬而遠之的態度。不，或許形容為「出自本能的恐懼」比較妥當。
『不過這次不必監視達也哥哥的周圍。已經決定要處理的對象了。』

「真難得。甚至已經決定要『處理』了？」

『達也哥哥和我都在忙別的事情，沒空理會多餘的雜碎。』

「呃，喔……這樣啊。」

不像文彌作風的冷酷說法使得有希畏縮。

『目標是國防陸軍的多中少校、石豬少尉，及USNA新興軍需企業「Samwaynarms」的特務娜歐蜜・山謬爾。詳細資料我傳送檔案過去。』

文彌無視於有希的反應，迅速說明用意。

「知道了。姑且問一下，之所以要殺掉這些人，是因為他們想對『那個人』下手，對吧？」

『沒錯。詳細原委就看我現在傳送的檔案吧。』

「收到。」

『這次的工作是對妳個人的委託，同時也是對亞貿社的委託。我想社長應該也會提這件事。』

「喂，等一下。意思是你也委託公司了？」

『代表我們多麼重視這個案件。妳就這麼理解吧。』

「……我有拒絕的權利嗎？」

『當然不可能有那種東西。』

「我想也是……」

有希嘆口氣，文彌點頭留下「那就拜託妳了」這句話，結束通話。

「棘手事件的味道撲鼻而來……」

有希瞪著變黑的畫面，忍不住發牢騷。

「在文彌大人特地委託有希小姐的時間點，就確定是棘手案件了吧？」

對於有希的自言自語，奈穗回以直截了當的意見。

有希愁眉苦臉。早就知道的事情被人毫不委婉指摘出來，她內心不是滋味，處於「看一下氣氛好嗎……」的心情。

「檔案送到了嗎？」

不過，她實際說出的是這句話。正因為沒明講才是「氣氛」，「給我看一下氣氛」這句話實際說出口的瞬間，恐怕會立刻變成最「不看氣氛」的話語。平常會看「氣氛」的有希迴避了這個結果。

「是的，已經接收。要解碼嗎？」

不過，奈穗的回應使得有希的意識完全切換為工作模式。

「拜託了。」

「好的，請稍候。」

收到有希的簡短指示，奈穗將解碼機安裝在下載檔案完畢的儲存媒體。收訊機與解碼機沒有直接連結是以防萬一，避免解碼後的明文資料外洩。

奈穗從解碼機取出解碼完畢的儲存媒體，插入平板終端裝置之後交給有希。

有希立刻開啟終端裝置閱讀檔案，然後突然大喊：「什麼？」

奈穗沒對有希發出的驚叫聲做出明顯反應，大概是預先以解碼機螢幕看過內容吧。

「這些傢伙是米津的同伴？」

「好像是。」

有希大聲說完，奈穗以平淡語氣附和。奈穗也不是沒感到意外。

「怎麼回事……？」

「單純是偶然吧？」

只是奈穗沒有從中感受到偶然以上的可能性。這一點是奈穗與有希的差異。

「是偶然……嗎？」

「我認為文彌大人不會分開委託，他沒有動機把事情弄得這麼麻煩。」

「……說得也是。」

奈穗的冷靜指摘，似乎也立刻消除有希的疑心。

她擺脫暫時性的混亂之後，基於別的理由抱頭。

「既然是米津的同伴，該不會和那傢伙一樣被監視吧……？」

「……我認為這個可能性很高。」

聽到有希的自問，奈穗同樣以憂鬱表情回以肯定。

「看來這份工作不好做……」

有希一臉不耐煩地嘆了口氣。

◇◇◇

「說起來，國防軍的軍官是基於什麼原委要對『那個人』下手？」

被叫到有希住處的鱷塚聽完概要，首先說出的是這個疑問。

「好像是因為兵器實驗被妨礙。我也不太懂。詳情你自己看吧。」

有希說完將平板終端裝置遞給鱷塚。

鱷塚開始默默閱讀文彌傳送的資料檔。

「……確實看不太懂。」

然後他自言自語般說完抬起頭。

「目標的兩人，加上米津上尉的話是三人，都隸屬於酒井上校率領的反大亞聯盟強硬派，酒井上校在國防軍內部爭奪主導權失敗，但是餘黨還伺機想捲土重來——米津上尉被監視就是這個原因吧。到這裡我可以接受。」

「沒錯。」

有希附和鱷塚這番話。鱷塚以眼神向有希示意。

「不過，接下來的部分我無法理解。以九校戰為舞台的新兵器實驗害得酒井上校失勢？在高中生競賽的會場測試新兵器？莫名其妙。」

「我也這麼認為。」

「而且，新兵器測試失敗的原因，是遭到別名『摩醯首羅』的魔法師妨礙，他們知道『摩醯首羅』的真實身分是那個人，所以為了報復而企圖暗殺？酒井上校的失勢和新兵器實驗的失敗，好像沒有直接的因果關係啊？為什麼暗殺那個人就是復仇？」

鱷塚困惑至極的聲音，引得有希大幅點頭。

「這些傢伙大概在打某些主意吧……話說回來，Croco。」

「Nut，什麼事？」

「你說的『摩醯首羅』是什麼？」

從正題來看，有希的問題一點都不重要，鱷塚回以親切卻無力的笑容。

「『摩醯首羅』是印度教主神之一——濕婆神的別名。」

「記得濕婆神是破壞之神？」

「總之，大致來說是這樣沒錯。」

「破壞神嗎……真適合『那個人』。」

對於有希的感想，鱷塚只是含糊一笑，沒有回以肯定或否定。

「話說回來，多中少校他們是怎麼查出『摩醯首羅』的真實身分是『那個人』？既然有能耐妨礙新兵器的測試，當時肯定隱藏了真實身分吧？」

「不知道。一樣是國防軍，大概哪裡有留下資料吧。我不認為『那個人』會放任自己犯錯，讓別人逮到狐狸尾巴。」

「……就是這麼回事吧。」

「這種事不重要吧？我們要做的只有一件事。想辦法鑽過監視的眼線，殺掉多中、石豬以及叫做娜歐蜜的女人。如此而已。」

聽完有希這番話，鱷塚一邊嘆氣一邊點頭。

「……說得也是。我先試著重新清查多中少校與石豬少尉的行動模式。」

「嗯，拜託了。」

有希點頭回應。

鱷塚以此為暗號，一口喝光變溫的咖啡，從餐桌座位起身。

◇◇◇

雖說在組織內部的權力鬥爭敗北，卻也不是變得無事可做。國防軍可不是讓人坐領乾薪的鬆散組織。

多中少校與石豬少尉，現在一起在K市基地負責評定補給物資。始終只是負責人，沒有決定權，所以和利權無緣。

多中與石豬原本都是負責補給業務的後勤軍官。即使所屬派系沒落，也只是權限被剝奪，工作內容沒什麼變。

即使是星期六，這天依然有USNA軍需企業的特務造訪多中少校。在這個業界屬於新興企業的這間「Samwaynarms」，在日本還沒有接單的實績。

企業特務為了獲得新訂單跑來找後勤管理人推銷，並不是什麼不自然的事。現在的多中沒有符合少校地位的權限，但是沒有實績的企業銷售員也經常不是劈頭就和負責人見面，而是鎖定實務人員下手。「Samwaynarms」的特務娜歐蜜．山謬爾前來接觸多中，並沒有多少人起疑。

然而說到實際狀況，娜歐蜜不是來談生意的。是基於另一件事被多中找來。

「昨晚，米津被殺了……」

多中開場的這句話，使得娜歐蜜露出驚訝表情。

「米津上尉？凶手落網了嗎？」

多中無法判別她的表情是真是假。

「不，還沒。甚至不知道是誰。不過已經知道致命傷是『高頻刃』造成的。」

「所以凶手是魔法師？」

「除非能以物理技術實現高頻刃的效果。」

「……不。沒人研發出不使用魔法的高頻刃。我這邊沒有這種情報。」

「那麼米津就是魔法師下手的。」

多中停頓片刻，以憂鬱眼神看向娜歐蜜。

「山謬爾小姐。是妳告知『摩醯首羅』的真實身分是FLT幹部的兒子司波達也，建議我們應該暗殺他，對吧？」

「是的。就我的認知，您那邊已經接受這個說法，並且答應這麼做。」

「確實沒錯。關於暗殺司波達也，我是以自己的意願贊成……不過，這是偶然嗎？」

「您的意思是？」

「我的意思是說，決定暗殺強力的戰鬥魔法師『摩醯首羅』沒多久，米津就慘遭魔法師的毒手，這是偶然嗎？」
「我們的司波達也暗殺計畫外洩，被人先下手為強？不可能。您想太多了。」
「可是……時機太剛好了。」
「這是巧合。說起來，我們只是決定暗殺，還沒採取任何具體行動吧？」
「是沒錯啦……」
聽到娜歐蜜這麼說，多中姑且做出像是接受的回應，卻明顯不是發自內心。
對方的膽小程度，使得娜歐蜜在內心嘆氣，臉上裝出誠懇的表情。
「那麼，暗殺計畫要暫時擱置嗎？時間是閣下的敵人。時間過得愈久，閣下的性命就愈危險哦？」
以客氣語氣包裹的威脅話語，使得多中身體發抖。
「說……說起來，『摩醯首羅』那一派要暗殺我們的情報是真的嗎？事到如今就算殺了我也肯定沒意義才對。」
「『摩醯首羅』的真實身分以及他們的企圖，都是『七賢人』提供的情報。雖然不知道『七賢人』是何方神聖，不過他們至今解密的情報都是對的。只有這次沒有理由懷疑。」
「唔……」

「現在，司波達也正在追捕橫濱華僑周公瑾。這也和『七賢人』的情報相符。」

「……這樣啊。」

多中的低語，聽起來像是已經認命。

即使如此，他還是遲遲沒能下定決心，娜歐蜜見狀將語氣改為柔和。

「閣下，要不要強化護衛？」

「可是，現在的我就算要求司令部派遣護衛……」

自覺是燙手山芋的多中，以軟弱的語氣反駁。

「不是以護衛名義申請，而是為了遞補已故的米津上尉職缺，指名足以擔任護衛的士兵過來。」

「原來如此……如果是兵卒，以我現在的權限也勉強做得到。不過，這種稱心如意的士兵要去哪裡找……」

「旁邊的研究所，記得豢養了閣下昔日看上的實驗體……」

「妳是說仲間一等兵？」

仲間杏奈一等兵。她是四年前從菲律賓搭小船偷渡的非法入境者之一。日本政府將同一艘船入境的菲律賓人視為難民收容，不過某名少女以「父親是日本人」的理由申請歸化時，因為無法證明血緣而被駁回。在這樣的狀況下，多中以「祖先是日本人」的當事人主張為藉口，強迫政府批准仲間杏奈（當時的安娜．桑托斯）歸化。

當然不是基於人道上的動機。

多中是看上安娜．桑托斯身為魔法師的天分。

安娜完成歸化手續成為「仲間杏奈」之後，多中把她拖入國防軍，送進魔法師強化設施裡。

杏奈完全不是自願成為軍方的實驗體，但她在偷渡入境的時間點是孤兒，多中賜給她確切的立場，使她得以在日本生活，這份恩情使她對多中懷抱忠誠心。

只不過，現在的杏奈基於實驗的一環被操控內心，對任何人都會無條件服從命令。

「實驗體『石化之魔女』。聽說她的對人戰鬥能力很強。」

「也對。我立刻交涉看看，將她分發為我的部下。」

「是的，這應該是好方法。」

內心的擔憂沖淡，多中毫不掩飾自己鬆一口氣的模樣。娜歐蜜對他這種小人物的舉止感到傻眼，卻絲毫沒表露內心，掛著笑容附和。

[2]

十月七日，星期日。時間已經超過正午，有希卻在自家飯廳發懶。

「有希小姐！您閒著不工作真的沒關係嗎？」

身穿圍裙，右手拿著鍋鏟的奈穗，以責備的語氣對有希說。

「既然目標的情報還沒查夠，連計畫都無法好好擬定吧？」

有希臉頰貼在桌面，就這麼像是趕走頭上飛蟲般輕輕搖手，以缺乏幹勁的聲音回答。

「既然需要目標的情報，您自己去偵察不就好了？」

「收集情報是Croco的工作。俗話說術業有專攻吧？我就算在目標周圍亂晃，也得不到有用的情報喔。」

「但我認為比起在家發懶更有意義。」

「要是長相被對方記住，不就是反效果了？」

有希始終坐在餐桌前面不動，奈穗無可奈何般聳肩回到廚房。

「奈穗，飯還沒好嗎～～？」

有希悠哉的聲音從身後追過來。
「請再等一下！」
奈穗回答的語氣混入不耐煩的情緒。
不過在她面前，並排著已經擺盤完畢的兩人分餐盤。

◇◇◇

相對於看起來鬆懈的暗殺者，被狙殺者這邊的行動透露緊張氣息。目標之一的石豬少尉正在K市與副都心之間的市區約人「談生意」。
不約在包廂，而是刻意在普通咖啡廳裡，當他多點一杯咖啡等待二十分鐘後，他察覺一名二十出頭的年輕女性走向他的座位而抬起頭。
「讓您久等了，您是石豬先生吧？」
女性一邊檢視對方預先告知的石豬穿著打扮，一邊如此詢問。
她則戴著事前說好當成標記的鮮紅色金屬框墨鏡，所以肯定是「談生意」的對象。
只不過，看起來很適合都心購物區的優雅打扮以及高挑的身材，一反石豬對這個「業界」的印象。

「妳是『Anny』？」

「是的。我是『Anny』。抱歉沒印名片就是了。」

這名女性以開玩笑般的語氣回答石豬的問題。

「您不肯相信嗎？」

「啊，沒有啦……因為和我猜想的不一樣。」

年輕女性「Anny」的反問，使得石豬連忙搖了搖頭。

「經常有人說我的形象不符。」

Anny移開墨鏡輕聲一笑。年輕女性的燦爛笑容，使得石豬基於別的意義感到緊張。不提實際的樣貌，化妝的她應該是十人有八人承認的美女。

「差不多可以聽您說明了嗎？」

重新戴好墨鏡坐在石豬正對面的Anny輕聲詢問。

石豬繃緊意識屏除雜念，回應「好的」點了點頭。

「既然找我過來，應該是『這種類型的委託』沒錯吧？」

對於Anny這個問題，石豬點頭肯定。

「具體來說，您想『獵人頭』的對象是誰？」

不用說，Anny提到的「獵人頭」不是一般的意思。

是注意隔牆有耳的隱語。這個詞不是「挖角外部人材」的意思，是「狩獵人頭」，也就是用為「殺人」的意思。

「國立魔法大學附設第一高中二年級，司波達也。」

「高中生？」

石豬的回答使得Anny驚叫出聲。她的語氣與表情不是裝出來的，卻有點誇張。

「辦不到嗎？」

「不，沒這回事。」

無論吃驚是真是假，Anny依然搖頭回應石豬像是在試探的這個問題。

「那麼，在最後確認一件事。我想仲介業者也向您說明過，如果『獵人頭』的對象是國防軍相關人員，這邊不接受委託。該目標符合國防軍關係人的條件嗎？」

「當然不符合。」

對於Anny的詢問，石豬立刻回答「否」。

「很好。那麼請支付仲介業者一半的費用做為訂金。這邊確認入帳就會著手進行。」

Anny說完朝石豬嫣然一笑。

「萬事拜託了。」

石豬說完匆忙離席。

◇　◇　◇

當晚，石豬造訪多中的住家。

多中坐在客廳沙發，仲間杏奈一等兵在他背後待命。

杏奈剛滿二十一歲，容貌也不差。由於內心被操控，應該無法違抗大部分的命令。不過石豬知道長官不是基於「情色目的」留她在身邊。

「少尉，坐吧。」

「是，打擾了。」

對於多中以親切態度邀請入座的話語，石豬沒有展現無意義的顧慮。

石豬坐在多中的正前方，杏奈將一個玻璃杯擺在他面前。杯裡的飲料是多中也正在喝的摻水威士忌。

「下官開動了。」

石豬將玻璃杯送到嘴邊。不是因為口渴，這是顯示自己內心不會違抗多中的儀式。石豬很清楚長官的猜忌心多重。

果不其然，看到部下毫不猶豫飲用上桌的飲料，多中少校身邊的氣息稍微變得柔和。

「過程說來聽聽吧。」

「是。按照預定在本日一三三〇接觸情報販子斡旋的狙擊手委託暗殺，已得到對方承諾。」

「可以信賴嗎？」

「老實說，給下官的印象不是那麼可靠。畢竟是二十出頭的年輕女性……不過她的手指有明顯的痕跡，顯示她擁有豐富的射擊經驗。此外，用來仲介的情報販子以往屢次立下交易實績。下官判斷在技術上可以信賴。」

「重要的不是實力喔。」

「是身為專業人士的信賴度吧。」

雖然在任何業界都可以這麼說，不過交易是信用第一。尤其非法領域不受司法保護，信用也相對格外受到重視。

「這部分下官認為也沒有問題。今天見面的對象沒透露，不過下官已經查出她是隸屬於暗殺結社『亞貿社』的狙擊手。『亞貿社』主要是在政治暗殺的領域上擁有充足實績的結社。」

「我也聽過『亞貿社』這個名字。」

多中首次對石豬的說明露出滿意表情。

「既然這樣，光不提暗殺的成敗，至少不必提防對方背信。石豬，辛苦你了。」

多中少校對交談對象的稱呼從「少尉」改成「石豬」，他的心情由此可見。

「不敢當。」

敏感察覺這一點的石豬臉上，也露出鬆一口氣的表情。

◇　◇　◇

星期二晚上，鱷塚造訪有希的住處。

搭檔隔了三天才露面，有希趕緊問他一堆問題。

「怎麼樣？查到了嗎？」

「大致查明目標的行動模式了……不過很難。」

「很難嗎？」

有希板著臉複誦詢問，鱷塚掛著同樣表情點頭。

「石豬少尉還有機可乘，不過多中少校比前幾天的米津還棘手。」

「雖然早就預料到了，不過比他還難嗎……」

有希仰望天花板發牢騷。

鱷塚沒有出言安慰。

「總之監視很嚴密。不只是很難鑽過周圍監視的眼線，還有推測是專屬護衛的隨身人員。」

「護衛？看起來不好應付嗎？」

「是年紀和妳差不多的女性，但肯定是軍人，而且應該是魔法師。」

「是軍人又是魔法師嗎……應該是高手吧。」

「恐怕是。」

有希與鱷塚同時嘆口氣。先重振精神的是鱷塚。

「從遠距離狙擊，或是不管三七二十一強行進攻。我認為只有這兩種方法。」

「無視於風險的突擊不在考慮範圍。這麼一來，得依賴奈穗的魔法嗎……」

有希以不悅的聲音低語。

「不，Shell魔法的射程不夠，至少希望有三百公尺。」

不過鱷塚連這個想法都否定。

「意思是光靠我們的話束手無策？」

「很可惜，是的。」

有希與鱷塚四目相對，再度深深嘆氣。

奈穗將兩杯咖啡擺在這樣的兩人面前。

「既然這樣，請亞貿社派遣狙擊手就好吧？文彌大人說過，這次的案子不只委託有希小姐，也委託了公司啊？」

奈穗的建議沒錯。文彌確實這麼說過，而且他不只發包給有希，也發包給亞貿社，肯定考量到光靠有希他們可能無法處理——不是能力不足，是擅長領域的問題。

但是聽完奈穗的建言，有希維持消沉的表情搖了搖頭。

「這是社長決定的事。我們照道理不能插嘴。」

奈穗說的確實沒錯。但是文彌對亞貿社（以命令形式）提出的委託，是文彌與社長之間決定的事，如有希所說，她不被容許插嘴。

「Croco，既然多中那邊沒辦法，那我們至少解決石豬吧。」

有希無視於尷尬閉口的奈穗（奈穗也比較感謝她這麼做），以鼓舞自己的語氣對鱷塚這麼說。

「說得也是。多中少校對石豬少尉的監視體制，本來就比米津上尉寬鬆，應該是重要程度和軍階成正比吧。」

「換句話說，機會相對比較多吧？」

「上個星期日，他也甩掉監視的眼線，和一名年輕女性見面。大概是要委託暗殺『那個人』吧。如果暗殺不順利，推測他會嘗試接觸其他同行。」
「暗殺『那個人』不可能順利。他下次和殺手接觸的時候就是機會嗎……」
「我會緊盯關於殺手的斡旋委託。只要發現來自石豬少尉的委託就會巧妙引導。」
「嗯，拜託了。平日應該要忙軍務，所以最快也是下個星期日嗎？」
「是這樣沒錯吧。請在這之前好好養精蓄銳。」
「請等一下。」
反省自己開口時思慮不周而沉默至今的奈穗，在這時候插嘴了。
「文彌大人下令處理的，肯定不只多中少校與石豬少尉兩人。不是也下令處分娜歐蜜・山謬爾這個美國人嗎？」
這個人要扔著不管？奈穗說完之後以視線補充詢問。
「啊啊，說得也是。」
有希嫌煩般回應，不過這大概是用來隱藏慌張的虛張聲勢。她將注意力放在國防軍的兩人，不小心忽略另一名目標。
「Croco，這部分有在調查嗎？」
「不，還沒。我優先調查多中與石豬的相關情報。」
「畢竟接到委託才三天啊……那麼，在準備暗殺石豬的空檔就好，這部分也調查一下吧。只要知道她在哪裡，我也會試著去查。」

有希說出這種話，肯定是在意奈穗懷疑的視線……

◇◇◇

此時，USNA新興軍需企業「Samwaynarms」的特務娜歐蜜・山謬爾，看著本國寄來催促的電子郵件深鎖眉頭。

她現在位於Samwaynarms的駐日人員事務所。這間公司在日本並沒有分店或分公司。說起來，Samwaynarms沒要在日本做生意，不過至少有對國防軍進行推銷業務，以免有人起疑。

Samwaynarms原本是獵槍製造商，主要客群是一般民眾。進入軍方武器與裝備品的領域是最近十年的事。民間的槍砲管制逐年嚴格，所以在軍用武器尋找活路。

他們賭上公司未來所開發的新產品是「步兵用高機動裝甲服」。內建超小型噴射引擎的動力裝甲。

不過，出乎預料的龐大障礙擋在他們面前。那就是日本FLT開發的飛行演算裝置。聯邦軍隊向FLT採購大量的飛行演算裝置，以此開發出「魔法師用」的飛行裝甲服「推進裝甲」。

Samwaynarms的動力裝甲，優點在於非魔法師也能使用，卻沒成為致勝關鍵，聯邦軍隊感興趣的是「推進裝甲」與「飛行演算裝置」。

為了打開這個困難的局面，必須找出FLT的弱點，可以的話妨礙他們對美國出口商品。設立駐日人員事務所就是基於這個目的。

「Samwaynarms」的正式名稱是「Samual Wayne Arms」。娜歐蜜・山謬爾是Samwaynarms大老闆的姪女。派大老闆家族的人過來，可見Samwaynarms多麼重視本次對抗FLT的特別任務。

其實娜歐蜜從「七賢人」獲得的不是「摩醯首羅＝司波達也」這個情報。他們獲得的是「托拉斯・西爾弗＝司波達也」這個無憑無據的情報。「摩醯首羅的真面目是司波達也」只不過是弄假成真，歪打正著的推測。

娜歐蜜——Samwaynarms企圖將開發飛行演算裝置的關鍵人物「托拉斯・西爾弗」暗殺掉，藉以扼殺FLT的開發能力。

『計畫正順利進行。』

對於來自本國的電子郵件，娜歐蜜如此回覆。

[3]

面對以肉麻聲音邀約的搭訕男性，有希皺眉明確表達拒絕的意志，撇頭從對方身邊經過。她聽著背後傳來的男性咒罵聲，輕輕嘆了口氣。

我才想罵你一頓。有希如此在內心發牢騷。走出車站不到十分鐘，剛才的男性恰好是第十個來搭訕的。煩人也該有個限度才對。

有希擁有標緻的臉蛋，卻鮮少遭受搭訕攻勢。容貌看起來比實際年齡小，缺乏梳妝打扮，如同肉食野獸的攻擊性氣息……這些要素綜合起來使得搭訕男性不會靠近，但是今晚的她不一樣。

符合年齡，甚至看起來比實際年齡成熟的用心妝容。將嬌小卻緊實的胴體襯托得更顯眼的性感服裝。這是避免和周圍格格不入，配合場所與時段才這樣打扮，結果卻引來年輕男性的視線。雖然確實融入街道氣氛，但是基於「避免顯眼」的意味算是做得太過火了。

星期四夜晚，有希來到六本木鬧區。雖然打扮成夜遊風格，卻不是來玩樂。本次目標之一的娜歐蜜・山謬爾在六本木上班。

娜歐蜜在公司裡好像是相當重要的人物，通勤是搭乘附有隨扈的車輛。包括辦公室與居住的外國人專用公寓，保全系統都是萬無一失，以有希的技術也難以入侵。

不過依照鱷塚的調查，娜歐蜜下班之後習慣前往美國、英國、澳洲這些以英語為母語的外國人群聚的撞球酒吧喝個小酒再回家，不會帶隨扈進入店內。

行動模式是搭車到店門口，回去時再叫車子來接。這應該是唯一有機可乘的時間。

總不可能在人群之間暗殺，不過在熱鬧的不夜城，肯定有某些以黑暗塗滿的死角。今晚有希的目的是親眼確認娜歐蜜的行動，找出適合工作的地點，也就是前來勘查。

已查出娜歐蜜・山謬爾平常逗留的酒吧。有希不是在目標上班地點所在的大樓監視，而是決定先到店裡面埋伏。

該酒吧採用自助點餐的制度，店員不會主動前來收單，便於有希埋伏。

有希在吧檯接過一杯微醺飲料（酒精濃度低），以眼角餘光看著以飛鏢或撞球炒熱氣氛的外國人與陪侍他們的年輕女孩，在店內角落小口喝著飲料等待娜歐蜜前來。

當然沒忘記使用「隱形」。多虧這樣，沒因為被男性搭訕而感到不耐煩。

過了三十分鐘左右，目標進入店內。

（唔呃……粉味好重。這也太努力了吧？）

娜歐蜜・山謬爾身高約一七〇公分，是外表花俏的美女。至少在男性眼中說得上是美女吧。

但是看在同性的有希眼中，濃妝是掩飾氣色不好，而且身體明顯以塑身內衣包得緊緊的。總歸來說就是太刻意了。

只不過，有希的評價包含不少嫉妒，當事人應該也無法否定這一點。

娜歐蜜是一七〇公分高䠷又凹凸有致的體型。腰部或許藉由內衣輔助，不過豐滿的胸部與臀部是本人的實力。她的身材和嬌小又（講好聽一點是）纖瘦的有希成為對比。

有希與娜歐蜜，若問誰比較迷人，應該會依照各人喜好分成兩派，但如果問題是誰洋溢「女性魅力」，大多數的男性應該會讓娜歐蜜占上風。

（看起來感覺也不像是來物色男人……只是虛榮嗎？）

有希下意識迴避可能導致不悅結論的想法，思索娜歐蜜這麼「用心」的理由。另一方面也在店內角落悄悄觀察目標的動向。

娜歐蜜．山謬爾不是走向吧檯，而是叫住店員說了一些事。如前面所述，這間店採用自助點餐的制度，要點飲料肯定會來吧檯。

目標的不自然舉動，使得有希的眼睛犀利瞇細。

剛開始店員也面露疑惑，所以肯定不是熟人。此外，娜歐蜜只輕聲說了兩三句，店員的態度就明顯變化，這一點也令有希在意。店員恭敬的態度像是在面對身分特別的常客。

娜歐蜜在店員的帶領之下消失在某扇門後。有希目不轉睛注視這扇門。

◇◇◇

換日之後，時間是星期五的凌晨五點。有希先回家一趟，換裝之後回到那間撞球酒吧前面。

基本上提供給「單人乘客」搭乘，無人駕駛的大眾交通工具，在這個時間也在運作，不過重新出動的她是以搭檔駕駛的廂型車做為代步工具。鱷塚在隔一個區塊的計時收費停車場待命。

隱藏有希臉龐的眼鏡型護目鏡，暗藏無線通訊機與錄影鏡頭和鱷塚相連，不過有希在打烊的酒吧後方保持沉默。

有希暫時搜尋店內的氣息，確信沒有任何人之後朝後門伸手。

她的雙手以薄手套包覆，不必擔心留下指紋。

有希左手握住門把，右手從口袋取出像是膠水軟管的物體。她單手打開管蓋，將管口插入門把與門框的縫隙，擠出內容物。潤滑油完整包覆門閂。

有希扔掉軟管，取出小小的折鋸，以單手俐落地拉出極薄的鋸身，插入門把側邊。

下一瞬間，有希的右手開始以快到留下殘影的速度推拉。

有希的異能「身體強化」將超越人類極限的力氣與速度傳達給鋸子。

金屬用的鋸齒刃不到一分鐘就鋸斷門閂。

有希左手往外拉。

後門無聲無息開啟。

她是殺手，習得的卻是忍者技術。不是古式魔法師種類之一的「忍術使」，是無法使用魔法的「忍者」，不過潛入是她的拿手絕活。以純粹的職業適性來說，或許竊賊比殺手更適合有希。

有希和影子同化，溜進店內。

沒有開燈。她戴的護目鏡也具備將紅外線視覺化的功能，但是紅外線燈有著觸動感應器的風險。有希在完全的黑暗中，靠著先前入店時的記憶與直覺前進。

她沒撞到桌子或椅子，順利抵達店內深處。目標娜歐蜜・山謬爾進入的門就在面前。

有希靠著摸索轉動門把。可惜上了鎖。

（沒辦法了。）

她打開門旁的遮光罩。讓觸控面板數字鍵浮現的光，微微照亮黑暗。店內連緊急照明的燈光都沒有，所以這道光非常顯眼，但是非得使用觸控面板才能解鎖，所以在所難免。

有希在先前店員開門的時候目視記下認證密碼。她的「身體強化」不只提升力氣與速度，五感能力也飛躍性地提升。

有希一次就成功解除電子鎖。

門後也是完全漆黑。

有希稍微遲疑之後相信自己的直覺，打開紅外線燈。

有希的「嗅覺」告訴她「從這裡往前沒有警備裝置」。

此外，在首次進入的場所維持矇眼狀態反而危險。在這裡使用照明是應該甘願背負的風險。

眼鏡型護目鏡照出通往地下室的階梯。

有希瞬間回想起米津遇害的夜店，不過面前階梯的裝潢比那間店氣派。有希認為利用這裡的客人層級應該很高。

階梯鋪著地毯，有希以慎重的腳步下樓。

地下室的門沒鎖。意思是被帶到這裡的客人無須店家警戒吧。有希下定決心但靜悄悄地打開門。

有希踏入地下室之後，首先映入眼簾的是坐鎮在房間中央的豪華輪盤檯，接著認出的是正統的撲克牌桌。除此之外，各種賭博用的牌桌也一應俱全。

（賭場嗎……？）

這個國家禁止國營賭場以外的賭博。雖然不會連當成娛樂都禁止，不過拿財物賭博是犯罪。不只是直接參與賭博的人，提供場所的人也列為處罰對象。

（以地下賭場來說，感覺警備不夠森嚴……）

設備與器材齊全到這種程度，不可能只當成健全的娛樂。

（背地裡和警察勾結嗎？）

雖然不是外交官特權，不過和外國人相關的犯罪，律師或大使館很快就會出面，無法否定警方會覺得麻煩，只要犯罪情節輕微都傾向於視而不見。

外國人這邊也會因為警方網開一面而提供一些好處做為代價。例如在重大犯罪案件透露一些光是在國內搜查無從得知的情報。

說來令人嘆息，這種「互助關係」成立的例子不算稀奇。

（嗯？等等。警察與地下賭場嗎……這或許派得上用場。晚點找Croco討論看看吧。）

在這之後，有希以紅外線鏡頭拍攝地下室各處之後，結束這次的潛入調查。

【4】

十月十四日，星期日。

有希正在跟蹤石豬少尉。正如他們的猜想，石豬甩開監視，往都心方向移動。跟蹤搭乘小型電車的對象是一件難事，不過有希以特技演員般的駕駛技術，騎機車追著載運石豬的電動車廂。

娜歐蜜．山謬爾那邊正在進行事前準備。說起來，那間撞球酒吧現正停止營業。有希雖然沒留下自己的痕跡，卻破壞了後門的鎖。從狀況來看明顯是有人非法入侵。

即使如此，店方也沒有報警的跡象。證明酒吧隱藏了某些虧心事吧。

店家察覺遭到入侵，對於有希這邊的企圖來說有著正面的助益。他們正希望酒吧的相關人員好好提高警覺。

石豬在新宿往西的第二個車站下車。

有希將機車停在車站前面，看著石豬出站。石豬看起來沒察覺有希的視線，搭乘無人計程車前往城市外圍。

◇ ◇ ◇

石豬在城市近郊的古老工廠前面下計程車。今天是星期天，不過看來和星期幾無關，工廠已經沒在運作。

有希等人猜中石豬會在星期日行動，但是行動的理由和他們原先猜想的不一樣。接下暗殺委託的「Anny」挾著意外的控訴，將石豬叫來這裡。

對方以強硬態度責備「得知有重大違約行為所以要求解釋」，還說「不解釋的話就中止暗殺委託，也不會退還訂金」，石豬不得已只好冒著危險來到指定的場所。

當成訂金支付的金額，對於「每況愈下」的多中來說不容忽視，要是與對方的談判就這麼破局，石豬難免惹得多中不高興。如今石豬也無法跳槽到敵對勢力，所以這件事直接關係到他的死活。

Anny指定見面的場所，是和冷清商店街相鄰的這座廢棄工廠。

副都心附近有這種四下無人的場所？石豬不禁驚訝。這裡就像是從戰後重建計畫遺留下來，大型都會區裡的空白地帶。

石豬猶豫地打開廢棄工廠的門。

門沒鎖。

照明理所當然般已經拆除，但戶外光線從高處設置的窗戶射入，即使陰暗也得以確保視野。

「我是石豬！Anny，妳不在嗎？」

這股寧靜，應該說這種不上不下的亮度，使得石豬在不安的驅使之下大喊。

「石豬少尉，你遲到五分鐘喔。」

立刻傳來回應。

但是不見對方的身影。

對方或許是躲在堆放殘留沒能清理的木箱暗處。聲音在空蕩的建築物內部迴盪，找不到出處。

「這……對不起。」

「哎，好吧。歡迎你來。」

看來Anny不想讓石豬看見她。石豬好像也領悟這一點，停止尋找她的所在位置。

「……我就直接問了吧，妳說的『違約』是指什麼事？」

或許是沒有餘力仔細觀察周圍，石豬以難掩慌張的語氣切入正題。

「意思是你心裡沒有底？」

「嗯，我完全想不到是什麼原因。」

石豬在聲音裡加入滿滿的誠意告知。

「這樣啊……」

Anny對此反應冷淡。

「我說過不接受以國防軍相關人員為目標的工作，你難道忘了嗎？」

「…………」

「石豬少尉，你當時說謊對吧？」

石豬背部冒出冷汗。

他對Anny的指摘有印象。石豬太自以為是，認為區區殺手不會查出「摩醯首羅」的真面目。

「等……等一下，不可能有這種事，應該是哪裡搞錯了吧？」

石豬無法好好解釋，只能豁出去了。

「你想裝傻也無妨喔。」

「不……不是……」

石豬沒能把解釋的話語說完。以消音器抑制的槍聲打斷他的辯解。

胸口中槍的石豬往後倒。

「為……為什麼……」

疑問的話語代替辯解，從他的口中發出。這成為他的遺言。

第二發子彈在石豬額頭開出血洞。他這次真的成為沉默的屍體了。

「對不起喔。」

單手拿著手槍現身的Anny，以「開朗的」聲音向石豬的屍體道歉。

「並不是因為你說謊而殺了你。我不是精神病殺人犯，不會這麼輕易殺人。而且先說謊的人是我。」

Anny說到這裡，看向石豬剛才走進來的門。

那裡站著目瞪口呆的有希。

「初次見面，Nut。我是亞貿社的狙擊手Anny。」

Anny以愉快的語氣對有希搭話。

◇　◇　◇

有希跟蹤石豬少尉搭乘的無人計程車，在石豬進入廢棄工廠之後背靠牆壁豎起耳朵，以聲音偵查內部的狀況。就算這麼說，她也沒將耳朵貼在牆壁，這是提防突然的巨響傷害耳朵。

相對的，她以「身體強化」增強聽覺，捕捉建築物內部包含對話的所有聲音。

『你想裝傻也無妨喔。』

石豬和殺手交涉決裂的下一瞬間，有希耳朵捕捉到以消音器抑制的槍聲。

出乎預料的事態使得有希內心不禁慌張。以她的常識來看，職業殺手不可能因為那種程度的瑕疵就殺害委託人。

這簡直是路邊鬼混流氓的做法。

總之有希為了確認狀況（剛才的槍聲是否是對石豬開槍，石豬是否真的死亡等等）進入廢棄工廠。

建築物內部展開的光景正如有希預料。石豬仰躺在地面，打穿額頭的彈孔在流血。不必確認脈搏就知道是致命傷。

凶手是誰立刻揭曉。年輕女性（大概比有希大兩三歲）握著安裝消音器的自動手槍，俯視石豬的屍體。

這名女性即使和有希眼神對上也完全沒展現慌張舉止，甚至朝有希投以笑容。

有希將這張笑容視為挑戰而接受。反正會殺掉對方，不必因為有人目擊而慌張——有希如此解釋她的笑容。

狀況是已經握槍的對方有利。

但是不到窮途末路的程度。在對方手臂動作的瞬間跳起來使其失準，從懷裡抽出刀子射出。只要將「身體強化」發揮到極限，這場賭局未必不利。

有希打著這樣的算盤，將注意力朝向自己的異能。

但是她立刻明白這是自己的誤解。

對方讓她明白了。

「初次見面，Nut。我是亞貿社的狙擊手Anny。」

殺害石豬的殺手不是將槍口朝向有希，而是以自我介紹打招呼。

有希不禁虛脫無力。

「原來妳是社長派遣的殺手嗎？」

「是的，但是請別誤會，石豬少尉是順應情勢由我解決，不過社長原本分派給我的職責是支援Nut，在這份工作擔任主角的始終是您，這是社長的意思。」

「誰殺掉目標這種事一點都不重要，不過對我講話不必恭敬或客氣，麻煩用正常語氣說話即可。」

這一瞬間，有希無疑鬆懈了，也可以說是大意了。

「既然誰殺掉都好，可以把多中讓給我嗎？」

但她沒察覺這名男性接近，肯定不只是因為大意。

「是誰！」

隨著這個聲音，不遠處突然出現某人的氣息。有希取回最高度的緊張大聲詢問。

不只有希，Anny也收起臉上的笑容，以嚴厲表情舉槍瞄準聲音來源——不，是試著瞄準。

然而神祕男性行動迅速。Anny的槍口還沒完全抬起來，撲向她的男性就以左手按住槍身，將右手反握的刀子高舉。

刀子往下揮。

有希介入Anny與男性之間。

有希以身體強化才做得到的超人爆發力出現在面前，高舉刀子的男性大概是嚇到了，往下砍的右手力道打了折扣。

有希的左手手刀命中男性的右手腕。

男性沒有失手掉刀，卻中斷攻擊大幅向後跳。

Anny這次確實將槍口瞄準男性。

「住手！」

背後傳來不滿的氣息，但總之Anny聽從了有希的制止。
有希和男性互瞪。
先開口的是有希。
「你是殺掉米津的傢伙吧？記得叫做若宮？」
只以手指隨便梳過的短髮。牛仔褲、運動鞋與薄外套。雖然不像那天晚上戴著墨鏡，卻無疑是殺害米津的那個男人。
「……我不記得曾經自報姓名啊？」
男性間接肯定有希的詢問。同時以言外之意詢問有希為何知道他的名字。
「米津說過吧？」
「妳記性真好。」
「獵物在眼前被搶，我想忘都忘不了。」
兩人再度互瞪，這次是男方打破沉默。
「……不是妳們的獵物。『魔兵研』的成員是我的獵物。」
「魔兵研？」
「『魔人兵士開發研究會』。國防軍內部進行人體實驗的團隊名稱。」
「多中與米津是那個『魔兵研』的成員？」

「不只這兩人。」

男性雙眼暗藏漆黑的怨火漩渦。

光是看到他的眼睛，有希就察覺「看來說什麼都沒用了……」卻也不能回應「原來如此，好的」就此作罷。

「我對於多中那個傢伙沒什麼仇恨或是特別的情感，卻也不能因為這樣就交給你來處理。因為這是工作。」

「妳們只是受託殺掉多中吧？既然這樣，只要多中死掉不就沒問題了嗎？」

「……總之照道理來看，你說的對。只要能確認目標死亡，委託人就會滿足。可惜事情不能只照著道理走。這邊是在做生意，所以既然受託『殺人』，只要目標活著就必須繼續狙殺。」

「決裂嗎？」

若宮說出這句話的同時，全身殺氣騰騰。

「慢著！別急啊！」

有希連忙制止。不過或許該說理所當然，若宮沒聽她的話。

若宮高舉刀子，以迅雷不及掩耳的速度襲擊有希。動作快到匹敵將「身體強化」活性化時的有希。

「咕！」

雖然有希冷不防遇襲，但她以依然握在右手的刀子勉強架開若宮這一刀。

有希立刻發動「身體強化」。

——以意志的力量，拉開沉在意識底層的門。

——異能之「力」從門後滿溢而出。

——充盈她的全身。

若宮持刀橫砍。

在發動「身體強化」的有希眼中，這記攻擊也十分快速。

不過，對於以異能提升反應速度的她來說，並不是無法應對的速度。她準備以刀子擋下若宮的利刃。

（——糟了！）

然而在即將接招的瞬間，發自直覺的危機意識襲擊有希，她將身體大幅向後仰。

她的刀子被若宮的利刃切斷，敵人的刀招劃破她的殘影。

（——「高頻刃」嗎？）

有希在不到一秒的延遲時間，察覺敵方攻擊的真面目。

除非使用魔法，否則特殊不鏽鋼的刀身不會這麼輕易被切斷。

回想起來，檢驗米津屍體的時候，就知道若宮會使用「高頻刃」。

（太大意了……）

有希內心被後悔囚禁是一瞬間的事。

若宮將揮空的刀子往回砍，擺出突刺的架式。

戰鬥還在進行，不容許停滯。沒有餘力因為後悔而分神。

有希朝著若宮臉部射出剩下一半刀身的刀子。

若宮反射性地將射向臉部的刀子殘骸打掉。

有希趁機取出預備的刀子。刀刃材質和第一把相同，刀身承受不了「高頻刃」。

但是有希不在意這一點。

（——別互擊就好吧。）

短刀交戰不是擊劍表演。

鋒刃相接的頻率本來就低。

只要沒接觸對方的刀刃，就不必提防「高頻刃」。

有希使出犀利的突刺。如果對方想用刀接，就立刻縮手瞄準其他部位。要是對方反擊就立刻後退。

敵人擁有不容防禦的必殺攻擊，有希以徹底的打帶跑戰術對抗。

若宮的皮膚被劃出數道淺淺的傷。

到目前為止，有希的速度勝過若宮的攻擊力。要是就這麼進展下去，這場戰鬥將會以有希的勝利落幕吧。

有希絕對沒有掉以輕心，卻無法否定自己戒心不足。即使若宮沒握刀的左手朝向有希，她也只有確認對方手掌沒東西。

突來的強風襲擊正要踏入若宮跟前的有希。

有希的速度下降了。

雖說是突來的強風，卻不是物理氣流。只是被想子流撞擊，誤以為這是一陣風。有希減速也不是空氣阻力造成的。

若宮施放的想子流其實是「術式解體」。射出高壓想子流，以壓力將魔法式從魔法作用的對象剝離，藉以讓魔法失效的對抗魔法。

這個對抗魔法幾乎能讓所有魔法失效，除了射程短就沒有堪稱缺點的缺點，但是能熟練使用的魔法師極少。因為體內想子存量龐大到足以震飛魔法式的人非常罕見。

若宮是調整體「鐵系列」的第一世代。「鐵系列」是為了打造出能進行長時間魔法戰鬥的兵士而改造基因的調整體魔法師。系列名稱「鐵」託付的意思是「鐵人」，也就是體能充沛又強壯的運動健將。

國防軍的研究團隊為了製造能夠進行長時間戰鬥的魔法師，首先植入肉體耐力強的基因。心肺功能優秀以及粒線體的活性度高，是肉體層面的基本條件。

至於魔法層面則是重視想子存量。

以這個概念製造的「鐵系列」之中，若宮尤其擁有龐大的想子存量。國防軍的調整體開發團隊為了活用這項特徵，讓若宮學習「術式解體」。

若宮習得了運用「術式解體」的戰鬥術之後成為「魔法師殺手」，在「鐵系列」的調整體之中也是特異分子。

要是在這裡結束，國防軍應該會獲得成為寶貴戰力的「成功案例」吧。不過野心勃勃的研究員想完成更強力的戰鬥魔法師，將若宮當成人體實驗的白老鼠。

他的身體能力跟得上有希強化後的速度，就是以化學方式強化人體的產物。不過這項成功的代價是招致極少數的「成功案例」逃走。

有希剛才速度變慢，是「術式解體」的影響。異能——超能力在本質上和魔法相同。超能力也無法逃離「術式解體」的效果。

雖然這麼說，不過非本質部分的差異造成不小的差別。

魔法的機制在原則上是以單一魔法式改寫事象，直到滿足預先定義的結束條件。因此若將魔法式剝離，改寫事象的程序會中止。要維持魔法效果就必須重新發動同樣的魔法。

反觀有希的「身體強化」，只要她沒意識到發動結束，改寫事象的程序會持續更新。現在也一樣，「術式解體」使得「身體強化」失效只是一瞬間的事，在下一瞬間，有希的力量與速度都復原了。

不過，到了這兩人交戰的水準，瞬間的停滯會造成致命的空檔。

（來不及——）

進逼的刀鋒使得有希預感自己即將敗北。

——然而，「這一刻」沒有來臨。

以消音器抑制的槍聲，顛覆她懦弱的未來預測。

沒有命中。但是為了閃躲槍擊，若宮非得中斷刀招撲向地面。

「麻煩別忘了還有我喔。」

Anny以和剛才截然不同，就某方面來說很像殺手風格的強硬語氣，朝著主動撲倒在地的若宮這麼說。她手上的槍準確瞄準若宮。

「扔掉刀子。」

若宮從地上射出許多尖銳的視線之箭，但是Anny的架式無懈可擊。最後他翻身換成仰躺的姿勢，放鬆握刀的右手。

Anny扣下扳機。子彈將落地的刀子彈到若宮搆不到的位置。

「Nut，對不起。」

Anny就這麼將視線固定在若宮身上，以柔和的語氣對有希說。

「我原本想更早支援，但妳動作太快，遲遲……」

「不，妳真的幫了大忙。」

這是有希毫不虛假的真心話。要是沒有Anny的支援射擊，有希應該已經敗給若宮。

「技術真好。」

「也沒那麼好。即使是出其不意，卻還是被這傢伙躲開了。」

Anny無奈般瞪向躺著的若宮。這大概不是謙虛，她的語氣聽起來真的很不甘心。

「用不著謙虛吧？剛才那一槍很漂亮。」

有希理解這一點，依然刻意這樣稱讚Anny。

「不……謝謝您。」

Anny像是暗喜般靦腆回應。在這段期間，瞄準若宮的槍口也毫不動搖。

「還有，我剛才也說過，不要對我用敬語。就我看來，妳年紀比我大吧？」

有希的話語成為缺乏自信的問句，因為外表和實際年齡未必一致。她不是從別人，而是從自己這個實際案例熟知這一點。

「但我剛進入公司，Nut是前輩。」

「是嗎？」

有希心想「難怪印象中沒見過妳」如此詢問。

「是的，我是在一年前進入公司。」

這一年，如果沒有分配到工作，有希鮮少到公司露面。除非和這次一樣以相同對象為目標，否則見不到同事也沒什麼好奇怪的。

「不提這個，這傢伙怎麼辦？要殺掉嗎？」

大概是懶得監視了，Anny突然改變話題。

「殺吧。」

若宮應該是聽到兩人的對話，就這麼仰躺在地上，自暴自棄般插嘴。

「別急，我剛才不就說過嗎？」

有希以傻眼聲音回應。這句回答是直接對若宮說的，卻也是對Anny說的。

「我可不打算妨礙你。」

「什麼意思……？」

若宮疑惑反問，有希指示「這樣不好說話，你可以站起來了」。

若宮就這麼在Anny的槍口瞄準下，慢慢站起來。

「先搶先贏怎麼樣？」

變成面對面之後，有希朝若宮說出這個聽起來唐突的提案。

「什麼……？」

「也就是說……你想完成報復，我們不能拋下工作。就算這麼說，彼此也沒有相互信任到可以聯手。」

有希說到這裡暫時停頓，若宮點了點頭。

「既然這樣，至少別妨礙到彼此吧。你和我們一樣，最優先要做的是確實取走多中的性命才對。先搶先贏，由誰解決都不能有怨言，怎麼樣？」

「……我剛才敗給妳們，而且還是我先出手的。明明就算被妳們殺掉也不能抱怨，妳卻願意留下報仇的機會給我，我不可能有異議。」

「好，那就說定了。條件只有一個，就是不妨礙彼此，可以吧？」

「關於這個條件，我保證不會背叛妳們。」

「這邊也是。你先走吧。」

若宮點點頭，撿起刀子走出廢棄工廠。

Anny的槍口一直朝向若宮的背，但他的舉止對此毫不在意。

◇◇◇

若宮走了之後，有希與Anny也立刻離開廢棄工廠。石豬的屍體至今依然躺在廢棄工廠的地上。殺手在殺人現場拖拖拉拉是愚蠢至極的行為。兩人甚至早就待太久了，加快腳步也是理所當然。

來到這裡使用的交通工具，有希是小型機車，Anny是兩人座的超小型汽車。Anny是狙擊手，為了載運槍枝，車子應該是不可或缺的。

兩人由有希帶路，前往有希居住的公寓。

然後現在，兩人在有希住處的飯廳面對面。取下墨鏡的Anny更像時尚模特兒了。但並不是在世界級時裝週伸展台昂首闊步的模特兒，而是點綴時裝雜誌頁面的「讀者模特兒」等級。

「謝謝。」

奈穗端咖啡過來，Anny以愉快的笑容道謝。

「不客氣，請用。我不知道您的喜好，所以牛奶與砂糖請自由使用。」

「嗯，我會的。」

Anny再度朝奈穗露出笑容點頭致意，然後重新面向有希。

有希承受Anny的視線，將一如往常甜到蛀牙的蜂蜜牛奶熱咖啡放回桌面。

「那麼……先重新自我介紹。妳可能已經知道，我是榛有希，識別代號是Nut。」

打開話匣子的是有希。

「那個……意思是別用識別代號，我也要說我的名字嗎？」

Anny以為難的聲音反問。

「如果是公司的工作，用識別代號就好，不過這次是和黑羽相關的案子。」

「原來如此……所以想確實掌握團隊成員的身分？」

「總之，就是這麼回事。」

「我知道了。」

Anny嘴裡這麼說，卻不像是打從內心接受。

「我是姉川妙子。剛滿二十二歲，一年前進入亞貿社，在這行的資歷是兩年。以前在民間軍事公司教人射擊。專長是長距離狙擊，不過只要是槍械都得心應手。」

即使聽過Anny——妙子的獨特資歷，有希也不改表情。

「喔……了不起。」

她只輕聲這麼說。

「……難道您早就知道了？」

妙子稍微眯起細長的雙眼詢問。

有希露出苦笑。

「算是啦。聽到公司要派人幫忙，我只問了基本資料想知道是怎樣的人。但我不知道妳的長相，所以當時嚇了一跳。聽說是軍事公司出身的狙擊手，我以為是女版『克里斯．凱爾』那種剽悍的傢伙。」

舉這個例子，妙子也忍不住苦笑。

「抱歉我看起來不太可靠……所以現在這是在對照身分？」

「嗯。剛才講得像是在騙妳，我覺得很抱歉。不過和文彌相關的工作千萬不能有所閃失。」

「不，如果是這麼回事，我可以理解。」

此時妙子以暗藏玄機的視線看向有希。

「話說回來……『文彌』指的是黑羽文彌大人對吧？就是贊助我們公司的黑羽家大少爺。」

有希「哈！」地嗤笑一聲。

「那傢伙是大少爺的料？」

「這樣啊……您看起來和他關係很好，傳聞果然是真的嗎？」

「傳聞？」

「公司內部都在傳喔。說Nut是文彌大人的『愛將』。」

「愛將……？」

「是的。說你們或許相親相愛。」

「相親相愛……？這是怎樣……」

有希疑惑的表情逐漸凍結。

妙子稍微臉紅，像是在聊戀愛八卦的年輕女孩，以愉快的表情回答有希的疑問。

「坦白說，就是懷疑你們有男女關係。」

「這是怎樣啊啊啊啊……！」

有希臉蛋瞬間通紅。

響亮的咆哮，使得在桌旁待命的奈穗雙手掩耳，緊閉雙眼。

扔下這顆炸彈的妙子稍微皺眉，一臉詫異地看向有希。

「……不是嗎？」

「當然不是嘍！」

「哎呀？」

妙子睜大雙眼，單手按著嘴角。

反觀有希以雙手抱住自己肩膀，像是被惡寒襲擊般發抖。

「不過，你們看起來很親近喔。」

「我說過這是誤會吧！我只是被那個傢伙當狗一樣使喚！何況我沒興趣和一個比我更像美少女的男生談戀愛！」

「美少女？」

妙子露出不明就裡的表情歪過腦袋。

此時奈穗從旁插嘴。

「有希小姐，講這種話沒關係嗎？我要向文彌大人告狀喔。」

「文彌比我更像美少女，這是事實吧？」

「話是這麼說……不過有希小姐，文彌大人是男生喔。美少女的程度輸給男生，您自己講這種話不覺得丟臉嗎？」

對於奈穗的指摘，有希撇頭裝作沒聽到。看來說中了。

「這樣啊……真厲害耶。」

多虧妙子這句聽得出是由衷佩服的呢喃，有希免於遭受奈穗的追擊。

「原來文彌大人就是俗稱的『偽娘』啊。」

相對的，有希必須多花精力解開妙子的誤會。因為這樣下去，妙子的「誤會」很明顯是她害的。

為了讓妙子接受文彌沒有女裝癖好的事實，有希花了將近一個小時。

[5]

十月十四日，星期日的夜晚。

多中少校即使喝光一瓶威士忌，還是沒能入睡。

理由無須多說，是因為收到石豬少尉遭到暗殺的消息。

繼米津上尉後，如今堪稱唯一剩下的部下石豬少尉遇害，多中理解到是「摩醯首羅」先下手為強。

失眠是因為被「下一個是我」的恐懼纏身。

他懷抱的恐懼並非完全猜錯。米津遇害和「摩醯首羅」——司波達也暗殺計畫無關，但是石豬喪命確實是因為有人要阻止達也遭到暗殺。今天的暗殺並非司波達也指使，然而殺害石豬的是達也陣營的人。

而且最重要的是，暗殺者鎖定多中為目標。

現在的多中沒有能夠分擔不安並且求助的對象。

違反人道與軍中規則的人體實驗，他是以主導的立場參與，浪費許多寶貴的魔法師至今

（例如某些人平白被他害死，也有人淪為只是沒死的廢人）。多中能夠維持地位至今沒被懲處，是因為巧妙利用了國防軍內部的權力鬥爭。

他直到今年夏天都順利押對寶。以一般無法取得的非法實驗成果做為伴手禮，在尋求戰力的野心家底下接受庇護。

不過，加入反大亞聯盟強硬派——酒井上校的旗下，是他決定性的失算，氣數也到此為止。

酒井上校失勢，導致多中失去自保之術。非法人體實驗以往都是他的武器，如今卻成為勒住他脖子的繩索。

不知道何時會被問罪。

如果變成這種結果，不能只有我一個人死。多中打算招出所有參與人體實驗的高官姓名。

不過，對方也知道這個風險吧。這麼一來，等待著他的是眾人的封口措施。

多中自從酒井上校失勢就一直害怕遭到暗殺。這份恐懼終於成為具體的黑影進逼到身邊——現在的多中處於這種心理狀態。

◇◇◇

「……真是悠哉。居然大搖大擺走進曾經有不明歹徒入侵的店。」

「大概沒想到是自己被盯上吧。」

娜歐蜜・山謬爾進入暗藏地下賭場的撞球酒吧。有希與鱷塚看著她的背影，以傻眼的聲音交談。

「明明石豬被殺了啊？」

「自詡是幕後黑手的小壞蛋，想不到自己首當其衝的可能性。Nut至今也看過好幾個這樣的人吧？」

「哎，這種傢伙我確實知道好幾個……就算這樣，也應該再小心一點吧？」

今天是十月十九日，星期五。剛好是有希之前潛入酒吧的一週後。撞球酒吧是在昨天復業。有希所說「應該再小心一點吧？」這句疑問堪稱中肯。

「娜歐蜜・山謬爾該不會是賭博成癮吧？」

「或許喔。」

對於有希的推測，鱷塚有氣無力地附和。有希不在意他這種敷衍的態度。

現在的重點是娜歐蜜・山謬爾是否進入地下室的非法賭場。成為背後原因的當事人癖好一點都不重要。

「那麼，我去去就回來。」

「作戰開始時間快則二十分鐘後，最晚也預估是一小時後。請別抓錯撤退時機啊。」

「我知道。萬一目標在機關發動之前就離開酒吧，我會乖乖重新來過。」

鱷塚提醒之後，有希輕輕點頭回應，走下廂型車。

今晚有希的服裝，是乍看如同絲綢的亮面布料縫製為旗袍風格的上衣，配上窄腳褲以及鞋跟暗藏武器的尖頭鞋，這樣的搭配兼具成熟氣息與方便性。由於穿著及踝的長褲，與其說是中國旗袍更像是越南長襖風格吧。

只不過，手裡拿著羽毛扇明顯誤會了某些事。也可能是刻意做給對東亞文化有所誤解的西洋人看。

如果真是這樣，應該認定效果相當好吧。有希到櫃檯表明想進入賭場時，酒保打量她的旗袍風格上衣與羽毛扇，掛著笑容答應了。大概誤以為有希是富豪華僑的敗家女吧。

多虧對方的誤解，有希順利成功潛入地下賭場。

地下室的門後和上次入侵時截然不同，熱氣席捲全場。

沒有熱鬧的ＢＧＭ或電子機器的音效。

室內響起的聲音只有玩家的歡呼、哀號與臭罵。臭罵的對象也不是其他玩家，盡是詛咒神明或惡魔的聲音。

有希首先坐到輪盤檯前面，以小額籌碼下注，同時悄悄觀察周圍。

目標在撲克牌桌。娜歐蜜．山謬爾高調歡呼，大概剛好以一手好牌獲勝吧。

有希拿著增加的籌碼（不是有希擅長賭博，單純是偶然）移動到撲克牌桌。和娜歐蜜背對背的位置。

牌局是發牌員同時應付四名客人的形式。看來這間賭場的經營原則是不讓客人對戰，大概是避免勝負產生糾紛。

有希在這裡採取的戰術也是小額下注，以拖長遊戲時間為優先。她的注意力一半以上集中在背後傳來的聲音。

娜歐蜜似乎也順利贏錢。看來暫時不會離開牌桌吧。

對有希來說可以放心。

本日計畫最令人擔心的事情，就是目標早早離開酒吧。再來只要等機關發動就好。

不過，這時候發生一個失算的事件。

由於工作的時候可能會用到，所以關於如何賭博，有希也大致學了一遍。不過和小時候在自己也不知道的狀況下習得的忍者技術不同，這是她進入亞貿社之後在工作空檔記下來，只能臨時充場面的知識。以賭徒來說完全是外行人。

然而不知為何，籌碼在這個外行人面前愈堆愈高。

不可能是有希的實力。大概是所謂的新手運吧。但如果是輪盤或吃角子老虎機就算了（順帶一提，這間賭場沒設置吃角子老虎機），玩撲克牌狂贏到能用籌碼堆塔，可不是那麼常見。

有希意外引來周圍的注目——也包括娜歐蜜・山謬爾的注目。

有希接受來自背後的祝福與讚賞，內心充滿後悔。即使現在上演慘賠場面，也不會沖淡她對有希的印象吧。

「恭喜！妳好厲害！」

（已經不可能悄悄接近再殺掉她了……這麼一來，只能趁亂下手嗎？）

有希唯一能做的就是看開，接受自己選項減少的事實。

後來有希也以七成左右的勝率持續贏錢。娜歐蜜大概是被有希的戰績刺激到了，更加投入牌局，以結果來說拉長了目標待在店裡的時間，可說是不幸中的大幸吧。

有希進店約四十分鐘後。

她等待的騷動終於發生了。

『是警察！』

像是賭場經理的黑西裝男性以英語大喊。

嘈雜聲在整層樓擴散。

『一樓的服務生在爭取時間，請各位往這裡「避難」！可以直接走到店外。』

客人扔下籌碼，湧向經理導引的祕密通路。

有希觀察周圍的狀況，要配合娜歐蜜．山謬爾一起逃走。

此時，手臂突然被人從背後拉扯。

「妳在做什麼？快逃啊！」

轉身的有希驚愕瞪大雙眼。

拉她手臂的不是別人，正是娜歐蜜．山謬爾。

娜歐蜜就這麼像是要將有希拖過來般，拖著她衝進湧向祕密通路的賭客人群。

「你們這樣還算是男人嗎？這裡有弱女子啊，讓她先走！」

娜歐蜜怒斥年紀和她差不多而且體格氣派的「紳士」，撥開人牆試著前進。

（她說的「弱女子」應該是我吧……）

因為身高差異的關係，看似被娜歐蜜保護在懷裡的有希在內心低語。

（傷腦筋。這傢伙雖然有自私高傲的一面，骨子裡也不是壞人吧。）

現在的她某方面看來也是為了讓自己先逃走而利用有希，但是她試著保護有希的行為沒有虛假。恐怕是真心認為必須保護比她嬌小軟弱的人吧。

（但是很抱歉，我是壞人。因為是殺手。）

有希故意讓雙腳打結，摔倒在通路地面。抱著她的娜歐蜜也被拖倒。從後方湧過來的賭客絆到娜歐蜜壓在她身上，形成典型的人肉骨牌。

雖然這麼說，但也不是有上百名避難的賭客連環倒地。賭場的客人頂多三十人。

約十人位於有希與娜歐蜜後方。即使成為人肉骨牌也不至於造成慘案。

實際上，壓在上方的中年男性移開之後，有希與娜歐蜜也立刻起身。不過，是由有希揹著娜歐蜜。

「沒事嗎？」

中年男性詢問娜歐蜜。

「沒事，請先走吧。」

有希從娜歐蜜的身體下方回答。

「警察要來了。」

「啊……啊啊。」

有希補充這句話，使得中年男性有點猶豫地走向通路深處。

後續的男性們也超越靠在牆邊的有希離開。

沒人停下腳步協助娜歐蜜，甚至也沒人確認她的傷勢。

確認後續的賭客全部走到空無一人之後，有希將娜歐蜜的「屍體」靠在通路牆壁放到地面。剛才將娜歐蜜拖倒的瞬間，有希發動「身體強化」，以壓在下方的姿勢折斷了娜歐蜜的脖子。

其他賭客如果仔細觀察，或許會發現娜歐蜜已經死亡，但是害怕警察而驚慌逃離的賭客沒有這種餘力。

娜歐蜜．山謬爾離奇死亡的消息一出，可能也有人想起和她一起行動的東洋女性，不過有希在這方面不太擔心。今天的她以被人看見臉蛋為前提上了「濃妝」。與其說化妝更像是變裝等級。其他賭客的記憶裡，肯定只留下花俏旗袍與紅色長眼線的印象。

但是有希的工作沒有簡單到光是這樣就落幕。不只是這次的工作，暗殺者這一行都可以這麼說，這次也不例外。

「客人，您怎麼了嗎？」

身後傳來店員的聲音。語氣與其說在擔心，覺得礙事的成分比較明顯。在警察闖入的狀況感到身體不適，對於店家來說確實不是可以歡迎的事態吧。

不過，有希同樣覺得對方礙事。

（——不得已了。）

有希迅速戴上面紗遮住下半張臉，一轉身就射出刀子。

「——！」

刀子準確刺穿店員的喉嚨奪走性命。

（反正這些傢伙預定會因為在地盤亂來被殺光，由我解決也不會有人抱怨吧。）

說實話，衝進一樓的警察是假的。

轄區警察局正如有希的推測，和這間店的老闆掛鉤。鱷塚查證之後，透過以這個區域為地盤的黑道對警方施壓。

一般會認為黑道不可能威脅警察，不過在這次的事件，警方因為袒護非法賭場而出現把柄。

而且，互助關係不只在外國罪犯這邊成立。行事嚴守分際的黑道，可以用來遏阻行事踰越分際的犯罪集團，對於警察來說有著一定的好處。

這次有希他們利用的「幫派」，是規定不對毒品買賣出手，和轄區警局暗中建立合作關係的黑道。

轄區警局默認外人到地盤亂來，對於「幫派」來說是背叛行為，有希等人易於獲得他們的協助，也易於促使警方妥協。

假警察是「幫派」的成員。而且今天無論在這裡發生什麼事，之後只要隨便找幾個人去自首就沒事。

黑道原本就預定殺光非法賭場的相關人員，所以自首的人大概難逃死刑，不過當事人們也肯定是接受這一點才舉手自願。有希不必在意這種事，而且殺手擔憂他們的命運只是偽善吧。

總之，格殺勿論是既定路線。有希滅口時沒有猶豫的理由。

以同事沒回去而前來確認狀況的店員為首，有希一看見地下賭場的職員就殺。雖然沒有刻意尋找獵物，不過她遇見的對象全部化為屍體。

「——！」

這是第七人。都是一刺斃命，沒有任何人發出聲音。只不過無法避免沾上鮮血。

（……現在這樣不能走出去吧。）

可能成為目擊證人的店員大致處理完畢，心想差不多該逃離這裡的時候，有希察覺自己的淒慘樣貌。

一身滿是鮮血的旗袍所引發的騷動，不會只有引人注目這麼簡單。肯定走不到十步就有人報警。

(記得在這裡……啊啊，有了。)

有希尋找的是女廁。她再度環視樓層後，拉開貼著「Ladies」這塊門牌的門。

裡面有兩個隔間，洗手檯與鏡子共兩組。

有希站在靠門口的鏡子前面，打開水龍頭。她首先以「戴著手套的狀態」洗手，沖掉表面沾附的鮮血，仔細擦乾水氣，然後沒脫掉手套，取下遮住下半張臉的面紗。

此時她一個轉身，立刻射出暗藏的投擲匕首。

「呀啊！」

匕首射中悄悄從隔間門縫伸出的手。

發出聲響落地的物體，是小型的自動手槍。

有希拉開隔間的門，拖出剛才試著從背後狙擊她的人物。

「變態嗎？」

有希以語氣與視線表達輕蔑之意。從女廁隔間發出「咕嗚嗚……」哀號聲跌出來的是一名中年男性。

身材精實，長得也很體面，外表與其說是「中年大叔」更適合形容為「中年紳士」，但他躲在女廁的事實搞砸了一切。

「嗯？你是……」

有希對這個變態的長相有印象。中年男性是剛才呼籲賭場客人避難的經理。

看來是來不及逃走而躲在這裡。

或者是——

「……難道說，走那條通路逃不掉？你說可以通到店外是假的？」

「沒……沒那回事！」

經理連忙否定有希提出的質疑。

「那條通路真的可以通到店外。」

「那你為什麼不從那裡逃走？」

「因為……」

經理支支吾吾。光是這樣，有希就知道那條通路不是通往什麼好地方。

「……哎，算了。」

不過有希沒有進一步追問。

「妳願意相信我？」

經理以像是求情的態度詢問。

對此，有希冰冷回應。

「不是，是一點都不重要。」

她的右手不知何時握著第二把匕首。

有希的腳畫出圓弧。

沿著中段軌道踢出的這一腳，直接命中雙腳跪地的經理，他再度倒在廁所地面。

有希右手一翻。

匕首從她的指縫移動到經理的喉頭。

有希瞥向經理確認他死亡無誤，然後重新面向鏡子。

左手抓住濺到鮮血的長髮，右手在頭皮周邊摸索。

有希從頭髮裡抽回右手，左手就這麼抓著頭髮用力拉。

長髮滑落，底下出現包緊的有希真髮。

剛才沾血的頭髮，是預測會弄髒而戴的假髮。

接著有希以雙手抓住旗袍風格的上衣，猛然往兩側拉開。

像是撕裂般脫掉的旗袍底下，是配合窄腳褲的深色貼身薄上衣。

有希確認鏡子沒濺到血之後開始卸妝，然後將假髮、面紗與旗袍一起蓋住經理的屍體後點火。

她快步走出廁所之後，灑水裝置立刻啟動。

有希用來點火的工具不會造成猛烈延燒的大火，相對的，即使上方不斷灑水依然繼續燃燒。最後留下的只有完全無法成為線索的灰燼，以及臉部被燒到看不出長相的屍體。

[6]

十月二十日，星期六早上——應該說將近中午。

有希終於起床，奈穗以笑容迎接。

「有希小姐，昨天辛苦了。新聞頻道現在雞飛狗跳喔。」

與其說是笑咪咪，更像是笑嘻嘻。難得看見奈穗這樣咧嘴笑。

有希坐在飯廳的既定位置。奈穗在她面前擺一杯最近成為慣例的蜂蜜牛奶熱咖啡，然後拿起遙控器打開電視。有希家裡電視預設的頻道是社會新聞台。

畫面剛好正在播報昨晚在六本木發生的屠殺案件。

「多達十八人，您真努力耶。」

奈穗笑嘻嘻地搭話。語氣比起慰勞更像捉弄。

「……我殺的是其中的一半。」

大概睡意還沒消，有希嫌煩般回嘴。

「九人也足以算是屠殺喔。」

有希正前方傳來傻眼語氣的回應。

「Anny，妳為什麼在這裡……」

在有希正前方喝著不甜咖啡的是「Anny」——姉川妙子。

「當然是來找妳談工作。我說過今天會上門叨擾吧？」

對於有希的詢問，妙子毫不愧疚地回答。

「……我以為妳會更晚過來。」

實際上，已經確定妙子這邊沒有過失。

「Anny，不好意思，可以吃完飯再談嗎？」

「姉川小姐要不要也一起吃？」

奈穗從旁插嘴。

「哎呀，可以嗎？」

就這樣，有希和妙子共進早午餐（對於妙子來說是午餐）。

「現在電視說的『意外死者』是目標對象娜歐蜜．山謬爾吧？」

「——沒錯。」

有希吞下口中的食物，點頭回應妙子的詢問。

報導六本木屠殺事件的新聞，說明娜歐蜜（不過新聞沒公布本名）是「在地下賭場逃走時，被人肉骨牌壓住導致頸骨骨折」。根據在於頸骨骨折研判是來自後方的強大壓力所造成，此外其背部也有數處骨折。

「以目前的搜查動向來看，好像沒將Nut列為嫌犯，但是果然殺太多了吧？」

「將目擊者滅口，是我們這一行的基本原則。」

妙子的擔憂，有希像是耳邊風般隨口帶過。

「不過屠殺了這麼多人，我認為警方也不會這麼輕易收起矛頭。」

此時奈穗就這麼穿著圍裙加入討論——為求謹慎補充一下，奈穗與妙子都不是在責備有希，是在擔心。

「即使我沒出手，也一樣會演變成屠殺事件啊？因為格殺勿論是既定路線。」

有希看起來不為所動，不過大概多少意識到這會出問題，稍微加重語氣反駁。

「可是，使用刀子的只有有希小姐，黑道們的武器都是槍吧？」

「用刀的殺手比比皆是吧？」

「哎……說得也是。」

有希的態度開始變得自暴自棄，妙子見狀改變論調。

「滅口是免不了的。畢竟『凶手』也抓到了，祈禱警察不會深入偵辦吧。」

大概是聽出妙子想就此結束話題，奈穗與有希本人也不再提及昨晚的事件。

妙子拿起遙控器關閉電視。

然後重新從正面和有希四目相對。

「這麼一來就剩下一人了，決定今後的方針了嗎？」

「方針早就決定了，殺掉目標就好。但是還沒進入程序。」

有希的回答等於「實際上什麼都還沒決定」的意思。

「要怎麼做？雖說期限還沒到，但我想也不能花太多時間……還是說要故意隔一段時間，等對方放鬆戒心？」

「……我不打算拖延下去。」

有希板起臉回應妙子的詢問。有希也抱持「不能花太多時間」的想法。

「但我也不想魯莽突擊。現在先等Croco調查。」

「這樣啊……不然我趁他出入住處的時候狙擊吧？」

對於妙子的提案，有希不是點頭，而是搖頭。

「多中住家周圍沒有安全的狙擊點。等到真的無計可施再背負這個風險。」

「知道了……」

妙子感到惋惜般作罷。她也親自確認過目標的住家附近沒有適合狙擊的場所。

「——總之，還不到焦急的階段。目標順利減少了。等到Croco調查完畢吧。」

沒人對有希這番話提出異議。

◇◇◇

多中少校租用為住家的公寓不是官員住宅，不過基於防止軍機外洩的觀點，保全方面接受國防軍的審查。換句話說保全系統是國防軍掛保證的。有希他們對於襲擊感到猶豫也是其來有自。

入侵公寓很難。

但是入侵基地更難。

這麼一來，就得鎖定目標私下外出時，或是往返於基地與公寓的通勤途中下手。

目標往返於基地與公寓時，是搭乘部下駕駛的車輛，徒步時間是零，但是比起在公寓裡或是基地內下手，成功的可能性還比較高。

話是這麼說，但多中少校通勤時也受到監視。有希沒能下定決心襲擊，是因為不想被監視多中的軍人看見。

然而比起身分曝光的風險，還是有人以成功暗殺多中的機會為優先。

十月二十二日，星期一。

三天前，娜歐蜜．山謬爾遇害（媒體報導是意外死亡，但多中確信是他殺），使得他愈來愈恐懼。

多中星期六早早從基地返家，星期日一直窩在公寓，但是現階段沒有他遭人狙殺的根據。

雖然落得調任閒職，卻也不能以別人無法接受的理由缺勤，所以他畏懼著死亡的陰影前往基地，在拘束時間終於結束之後正要返家。

對於在軍中立場惡化的多中來說，基地裡也不是能夠安心的場所。他「知道」不少高級將官想將他滅口。

如今在多中的心目中，自家是唯一可以相信安全的場所。為了儘早回到公寓住處，他一到下班時間就扔下所有沒做完的工作，做好回家的準備。

多中利用舊管道挖角，將仲間杏奈一等兵收為部下兼護衛，如今搭乘她駕駛的自動車穿過基地閘門。

從基地回到自家公寓的時間，順利的話搭車約十分鐘。在交通管制發達的現代鮮少塞車，今天肯定也不用十分鐘就抵達自家。

季節是仲秋之後，夜晚早早來臨。雖然才下午五點出頭，四周卻已經開始變暗。不過還是有零星的路燈燈光。

缺乏自然的光線，也缺乏人工的照明。

符合黃昏之名，不明確的視野。

自動車緊急煞車。

不是駕駛猛踩煞車。

是自動車感應到障礙物，緊急停止系統產生作用。

「發生什麼事？」

多中詢問杏奈。

「有人硬闖馬路，衝到本車前方。」

「哪裡來的笨蛋？想自殺嗎？」

聽到杏奈的回答，多中惡狠狠吐出這句咒罵。

這個時代的幹線道路，車輛專用道和行人專用道完全分離。多中生氣是理所當然。

「長官，請趴下！」

但他的怒火被杏奈的叫聲撲滅。

即使長年擔任後勤，在這方面依然是現役軍人。多中立刻對杏奈的警告起反應。

站在自動車前方的男性握著衝鋒槍。

攔下車子的是若宮。

加裝消音器的槍口吐出低速重彈。

細微的裂痕在擋風玻璃擴散。防彈玻璃擋下一開始的數發子彈，不過這輛車使用的不是戰鬥車輛採用的「裝甲玻璃」，而是傳統的「防彈玻璃」。單點集中的自動射擊粉碎玻璃層，突破塑膠層，在防彈玻璃打洞。

彈雨噴進車內。

槍擊從抱頭蜷縮的多中頭上經過。

槍聲停止。

「長官，請維持這個姿勢。」

多中聽到杏奈的聲音，以及駕駛座車門打開的聲音。

多中戰戰兢兢抬起頭。

道路上，若宮將子彈射光的衝鋒槍換成刀子，和雙手分別架刀的杏奈對峙。

「妳是『石化之魔女』對吧？」

若宮對杏奈搭話。看來他知道仲間杏奈的事。

杏奈沒回應。她像是伺機而動般，目不轉睛注視若宮。

「妳也被當成『魔兵研』的實驗材料吧？為什麼要袒護那個男人？」

杏奈的表情微微一動。但是僅止於此。她依然沒回應若宮。

「滾開。雖說一樣是實驗體，但妳礙事的話，我也不會客氣。」

若宮發下最後通牒。即使如此，杏奈依然維持沉默。

若宮著急般踏出一步。接近的警笛聲傳入他的耳朵。

「嘖！」

他察覺花太多時間了。

若宮加快腳步。

杏奈擋在他面前。

銀光劃破空氣。

若宮後退躲開利刃。

先揮刀的是杏奈。

左刀被對方躲過的杏奈再往前踏一步，利用收回左手的反作用力以右手出刀。

若宮以自己的刀子接住杏奈的刀刃。

杏奈的刀刃從根部被「切下」。

是若宮的「高頻刃」。

杏奈的動作在瞬間停止。

若宮沒有趁機攻擊杏奈。

杏奈失去武器之後，若宮一個箭步穿過她的右側。

若宮就這麼接近多中躲藏的自動車。他伸手抓住後座車門的把手，露出淒絕的笑容打開門。

表情凍結的多中少校出現在若宮面前。

若宮伸手要將多中拖出來──在這時候停止動作。

槍聲響起。

多中手握的小型手槍槍口溢出硝煙。

若宮按著側腹向後踉蹌兩三步，同時將手上的刀射向多中。

刀子插入多中反射性地舉起的右臂。

多中發出慘叫聲，手槍脫手落下。

杏奈從若宮的側邊接近。

若宮就這麼以左手按住左側腹，右手抽出備用的刀子擺出架式應戰。

然後在這一瞬間，他的身體再度僵直。杏奈的魔法又捕捉到若宮。

杏奈將左手的刀子換到右手，襲向停止動作的若宮。

突然間，若宮全身迸出想子光。

從正面著實吹襲的想子暴風，使得杏奈不禁停下腳步。

此時，擺脫僵直的若宮進逼而來。

杏奈反射性地將右手刀子橫砍。

刀子發出尖銳的金屬聲彈開。

杏奈向後失去平衡，迫不得已抬腿往前踢。

她的左腿被若宮的左臂阻擋。

格擋的反作用力使得杏奈摔個四腳朝天。迫不得已的攻擊造成門戶大開的結果，但她沒遭受追擊。

若宮同樣失衡站不穩。他痛苦地以左手按著側腹，鮮血從指縫滴落。看來擋下杏奈踢腿的衝擊導致槍傷裂開。

杏奈只是跌坐在地，沒有受傷。她連忙起身要給若宮決定性的打擊。

（到此為止嗎……）

若宮在內心承認形勢不利。子彈貫穿到體外，也沒命中重要的器官，即使沒立刻治療也不會攸關性命。

但是出血嚴重。這樣下去很快就動不了吧。即使不到這種程度，也因為一直以手按著傷口，被迫維持不自然的姿勢，不是可以好好戰鬥的狀態。

而且警笛聲愈來愈近。警察恐怕即將抵達。看來不得不放棄在這裡取走多中少校的性命——若宮決定撤退。

若宮跑向阻隔車道與步道的高護欄。這是用來保護行人，甚至能承受大型卡車衝撞的堅固護欄，沒有能讓人鑽過的縫隙，也沒有行人穿越道，護欄只在設置上下車空間的場所中斷。

不過對於若宮的「高頻刃」來說，如此堅固的護欄也等同於奶油。剛才擋在多中少校座車前面的時候，他也是切開護欄入侵車道。

若宮如法炮製切斷護欄要逃離車道時，杏奈從後方接近。杏奈沒有殺害若宮的意圖，卻想將他制伏逮捕以免他再度襲擊。

若宮轉頭瞥向身後。他的眼睛浮現迷惘。

要優先逃走？還是先迎擊確保背後的安全？

這股迷惘給了杏奈出手的時間。

隔著大約十公尺的距離，杏奈的視線捕捉到若宮。

若宮的動作如同石化般停止。

若宮全身迸出想子光。

——「術式解體」。

若宮的身軀取回自由。

這時候，杏奈已經接近到五公尺的距離。

若宮轉身選擇迎擊。但是這個決定慢了半拍。他還沒做好肉搏戰準備的時間點，杏奈就會進入自己的攻擊間距。

然而實際上，杏奈沒能踏入刀子砍得中的間距。

她反而大幅向後方跳躍。被迫向後跳。

——因為一輛機車衝到兩人中間。

「上車！」

嬌小的騎士朝若宮大喊。

「妳是？」

「之後再說！快點！」

若宮將右手刀子射向杏奈，趁她打落刀子的時候跨上後座。

杏奈揚起視線的時候，機車已經駛離她「能力」的射程範圍。

◇ ◇ ◇

意外救出若宮的有希，不是將他送回家，而是送到亞貿社熟識的醫院。

若宮看起來想問各種問題，有希將他扔進醫師等待的診療室（診療室裡的健壯護理師正摩拳擦掌），到候診室和鱷塚會合。

「Nut，辛苦了。」

「好險……」

有希以疲軟態度回應鱷塚的慰勞。

「出血確實很嚴重。」

鱷塚看向診療室，然後看著有希身上騎士外套沾到的血漿，懷抱認同的心情點頭。

「那種傷不會死的。畢竟子彈貫穿到體外了。」

不過，有希說的「好險」不是這個意思。

「不提這個，剛才只差一點就會撞見警察了。」

她的聲音有點懷恨在心。

「這……不好意思。」

相對的，鱷塚的語氣帶點苦笑。

「不過警方的動向和我事前知會的一樣啊？」

鱷塚已經提醒有希，警察在那個時候即將抵達。不顧警告趕過去的是有希自己。對我抱怨也沒用吧……這是鱷塚發自真心的感想。

「就算這麼說，也不能扔著他不管吧？」

「為什麼？」

反問的鱷塚表情嚴肅。

「問我為什麼……」

「『Ripper』不是團隊成員，甚至不是合作夥伴。雖說訂立非敵對協定，但他原本會妨礙我們工作，我認為不是非得冒險也要搭救的對象。」

鱷塚以責備的語氣，詢問有希的真意。

「我也想問這個問題。」

預料之外的插話聲，使得有希與鱷塚露出回神的表情轉身。

兩人的視線前方，上半身赤裸，腹部包著繃帶的若宮靠著牆壁站立。

「為什麼救我？你們肯定沒理由讓我活下去。」

若宮這段話使得有希板起臉。

「想說話就先穿上衣服吧。淑女在你面前耶。」

對於有希的抗議，若宮沒說出「妳說的淑女是誰？」這種不識相的話語。

他默默返回診療室，穿上住院患者用的上衣回來。

「這樣就好嗎？」

「……嗯。」

反倒是有希有點驚訝若宮如此「率直」應對。

「那麼，說理由給我聽吧。」

若宮重新詢問有希。

「真的假的……」有希輕聲以退縮的語氣說道（看來正如她的感覺，若宮生性正經八百），正面承受若宮的視線。

「要問拯救你的理由是吧……沒為什麼。」

「什麼？」

若宮睜大雙眼。鱷塚一副無可奈何的表情。

「就說了，沒有特別的理由。真要說的話，是直覺。我覺得如果救你，之後會產生有利的效果，如此而已。」

「……我不會當成欠妳一次喔。」

「放心吧，我沒要強迫推銷恩義或善意。只是認為以結果來說救你比較好，對我來說會有好處。」

在只有他們三人的候診室，鱷塚嘆了好長一口氣。

「我不是要否定Nut的直覺……但我希望妳再稍微注意一下利益得失。即使將來可望大賺一票，要是先把籌碼用光就僅止於畫大餅了。」

有希一臉不耐煩地搖搖手。

「知道了知道了。不過這筆賭注的勝算沒那麼差啊……」

「我的意思是說，希望妳再稍微思考這是不是應該下注的狀況。」

有希輕聲說出的辯解，引來鱷塚更多的抱怨。

「知道了啦，以後我會注意。」

有希舉白旗投降，鱷塚以「妳是說真的吧……？」的眼神注視。

被晾在一旁的若宮失去插嘴機會，目瞪口呆。

「治療完畢了嗎？」

三人不經意沉默下來時，「Anny」姉川妙子前來搭話。她剛抵達醫院。

「Anny，怎麼了？Croco叫妳來的？」

從有希這段話也聽得出她的登場在預料之外。

「不，是陪社長過來。」

「社長？」

有希語氣裡的驚訝成分大於疑惑。

「是的。」

妙子朝有希點頭，看向若宮。

「若宮先生。還是叫您『Ripper』比較好？」

「隨妳喜歡怎麼叫吧。」

若宮以冷淡語氣回應妙子的詢問。

「那麼，Ripper。」

對於若宮冷言冷語的態度，妙子眉頭都不顫一下。

「既然您看起來已經治療完畢，想向您借點時間。」

「什麼事？」

若宮沒回答「好」或「不好」，直接詢問用意。

「社長說想要和您談一談。」

「意思是有事情要說個分明？」

若宮眼神變得嚴厲，妙子連忙搖動雙手。

「不不不，請不要變得這麼火爆。『想和您談一談』就只是字面上的意義，並沒有更多意圖。」

若宮疑惑瞪向妙子，粗魯哼了一聲。

「……好吧。」

「抱歉了。」

若宮回應的同時，體格魁梧的和服男性從柱子後方現身。梳成西裝頭的頭髮是略微斑白的（所謂的）浪漫灰。但是姿勢與臉孔都看不出衰老。儘管實際年齡是六十二歲，不過說他五十多歲應該也說得過去吧。

「社長！」

聽鱷塚這一喊也知道，這名長者是亞貿社社長兩角來馬。有希也目瞪口呆。她臉上大大寫著「不會吧」三個字。兩角社長原則上不會來到現場。

成立亞貿社之前，就以政治家專屬非法特務聞名的兩角寶刀未老。被他延攬的社員都知道。

有些社員是像有希這樣在九死一生的時候受他搭救，也有社員是在不知何時被潛入藏身處掌握生殺大權的狀態被延攬。有希評定兩角的實力在亞貿社也名列前五名。

但是兩角設立亞貿社之後，不只是不會前往殺人現場，也幾乎不會出現在提供殺手各種方便的「後方」。最近幾年他基於工作相關的「非營業活動」而走出社長室，大概只有兩年前被當時敵對之黑羽家抓走的那一次。

有希與鰻塚的驚訝並不誇張。聽到妙子說「陪社長過來」的時候也是「不會吧」的想法比較強烈。

「你就是社長先生嗎？」

「嗯。我是亞貿社社長兩角。」

對於若宮的詢問，兩角充滿威嚴地點頭回應。

「亞貿社……這麼說來，那邊的女人說過，她說自己是亞貿社派遣的狙擊手。」

若宮露出搜尋自身記憶的表情。

「兩角來馬率領的亞貿社……我聽過這個名稱。對……我現在想起來了。是主要以政客為目標的暗殺結社。」

「就是這個亞貿社沒錯。」

兩角再度點頭回應若宮的獨白。

若宮露出略顯驚訝的表情。

「這種『大公司』的社長，找我這微不足道的獨行俠有何貴幹？是要來延攬我嗎？」

若宮這番話不是出自期待。語氣也明顯偏向挖苦。

「不，抱歉你無法成為本公司的社員，因為沒滿足條件。」

不過即使兩角拒絕，他肯定也沒道理感到失望。

「意思是我能力不足？」

若宮之所以表露不滿，應該是「沒滿足條件」這句話刺激他的自負吧。

「不，我聽過『地盤亂源Ripper』的風評。從你將棒——將Nut逼入絕境的事蹟判斷，你的能耐也是一流水準。不過……」

「不過什麼？」

「本公司的採用基準，並非只要是實力堅強的殺手就來者不拒。」

「哈！意思是不顧殺手道義在地盤作亂的傢伙沒有用處嗎？」

若宮以鄙視般的態度撂下這句話。

「有什麼不滿嗎？」

反觀兩角舉止從容，如同安撫叛逆學生的教師。

若宮以殺氣騰騰的視線瞪向兩角。

不過這種程度無法摧毀兩角的從容。

「……殺手的道義啊。哪個組織曾經對你這麼說嗎？」

若宮臉上掠過些許慌張。

在旁邊看到這張表情的有希，懷抱「這傢伙意外好懂」的感想。

「請別誤會。本公司延攬人才的條件，不是這種無聊的東西。」

兩角語氣變了。音量沒變，卻增加力道。

「這件事甚至沒對社員說過，但你拿我們和那些度量狹小只標榜道義的組織相提並論令我不是滋味，我就特別講明吧。我們亞貿社是以習得忍者技術的人們組成。這是成為本公司社員的條件。」

有希轉身看向Anny。因為她無法將「忍者」與「狙擊手」連結起來。

不過這是有希的誤解。

例如江戶幕府的百人組——以一百名步槍兵組成的部隊，正如「伊賀組、甲賀組、根來組」這些名稱給人的聯想，他們正是忍者部隊，這是如今公認的說法。「忍者技術」是包含狙擊技術的技能體系。

「……亞貿社是忍者的暗殺結社？」

「是為了非魔法師的『忍者』成立的組織。」

若宮擁有的知識幾乎能正確理解兩角這句話。在現代說到「忍者」大多是「忍術使」——以幻術為主要體系的古式魔法使用者。

但在另一方面，不是古式魔法師卻繼承魔法以外特殊技能的「忍者」，依然存在於社會的另一面。

這種「忍者」只能選擇以普通人的身分生活，就這麼再也沒機會活用習得的「忍術」，或是成為表演工作者，表演在傳統藝能領域化為娛樂節目的「忍術」，不然就是為了尋找活用「忍術」的場所而從事非法工作。

亞貿社是讓「忍者」在名為暗殺的非法業務獲得活躍場所的組織。若宮如此理解了。真相不只如此，兩角對於「忍術使」的反感也是他設立亞貿社的一大動機，不過若宮的理解幾乎可以說是正確答案。

「所以我『沒滿足條件』嗎？」

「你不是『忍者』，更是魔法師。我們亞貿社沒有留給魔法師的空位。」

兩角明確表示「謝絕加入」，若宮自嘲般嘆了口氣。

「沒差……如今我沒有加入組織的計畫，不要求進入你的公司。」

和這段話相反，有希覺得若宮像是在鬧彆扭。她從外表以為若宮年過三十，卻重新認為這個人或許意外年輕。

「嗯……沒有加入組織的計畫嗎？這就可惜了。」

兩角脫口說出「可惜」兩個字，使得若宮疑惑看向他。

「本公司沒有延攬你的意願，不過說我是來延攬你也沒錯。」

「……意思是亞貿社以外的組織想延攬我？」

若宮語氣半信半疑，應該說「疑」占了八成。

「現階段是在收集情報，檢討是否要延攬。我來見你就是因為那些大人物委託我來確認。」

「那些大人物？是誰？」

有希和若宮抱持著相同的疑問，自己得出「黑羽嗎？」這個答案，但她可沒有冒失說出口。

「解決多中少校的案子之後，那些大人物應該會主動和你接觸。現階段我不被允許回答你的問題。」

「……委託人的命令是吧。」

若宮也沒有硬是要求回答。雖說是自由接案，但他也是職業暗殺者，明白為委託人保密的重要性。

「他們要你確認我的什麼事？」

他以詢問的形式催促兩角說下去。

「確認你的身分。Ripper，你是軍方調整體『鐵系列』的倖存者，這是真的嗎？」

「你說『倖存者』？」

這個問題使得若宮明顯驚慌失措。

「『鐵系列』被處分了？」

「如果我們取得的情報正確，『鐵系列』沒有生還者。所有人意外喪生。」

若宮嘴裡發出緊咬牙關的摩擦聲。

「……可惡！那些傢伙，給我下地獄吧！」

吐出詛咒的話語之後，若宮反覆深呼吸平復心情。

「……社長先生說的沒錯，我是『鐵系列』之一。」

「你好像會使用『術式解體』？這是『鐵系列』的特性嗎？」

「不，不是。『鐵系列』之中，只有我會使用『術式解體』。」

「這就是你被選為強化實驗體的原因嗎？」

「…………」

若宮沒回答這個問題。

他嘴唇緊閉成一條線，眼中燃起憎恨的火焰——這就是回答。

「知道了。我要問的就這些。」

兩角滿意地點點頭。

「你有沒有想問的？」

他這麼問若宮。

「……對我感興趣的那個組織，如果我說我想報復國防軍，他們會幫我嗎？不，他們的實力足以讓我如願報復嗎？」

若宮目不轉睛看過來，兩角露出像是在說「什麼嘛，原來是這種事」的表情。

「那些大人物只要有心，要拿下統合幕僚長的首級也易如反掌。不只如此，甚至可能一個晚上推翻政府吧。」

若宮臉色大變。

「這個國家有這種組織……？難道說，你的委託人是『不可侵犯之禁忌』嗎……？」

說出「不可侵犯之禁忌」時，若宮的聲音有點顫抖。

「如果想知道，就先解決當前的目標。這麼一來，那些大人物就會來見你。」

兩角以暗藏玄機的語氣保留回答。但是也可以解釋為「既然沒否定，就已經等於回答了」。

「你希望的話，本公司的社員也可以幫你暗殺目標，怎麼樣？」

對於這個提案，若宮明顯表示猶豫。

「……不，免了。」

但他在最後搖了搖頭。

「這樣啊。抱歉占用了你這些時間。」

兩角背對若宮前往出口。妙子緊跟在他的背後。

若宮發出聲音坐在長椅。他臉上印著精神耗損的痕跡。

另一方面，有希與鱷塚在兩角離開之後，暫時解除緊張。

鱷塚「呼……」地嘆了一大口氣。

「我好驚訝。『那一族』居然看上Ripper。雖是馬後砲，不過還好沒對你見死不救。」

大概是部分情感因為驚愕而麻痺，鱷塚以毫無真心誠意的平淡語氣輕聲說。

「是啊。」

即使鱷塚的聲音小到很難聽到，但有希同意他這番話。鱷塚重新看向有希。

「妳的預感就是這件事吧？」

「不知道，因為終究是直覺。」

有希聳肩回應鱷塚的詢問。「不知道」是她毫不虛假的真心話。

「意思是還會發生某些事？」

「我如果知道，就會轉職當占卜師了。」

接受有希這句回答的鱷塚不再多話。

「你們兩個……」

相對的，若宮輕聲詢問。

「……是什麼人？和『不可侵犯之禁忌』是什麼關係？」

「就算你問我們有什麼關係……」

為難的有希以視線向鱷塚求助。

「……算是飼養的狗吧。不是看門狗，是獵犬。」

鱷塚以眼神向有希徵求同意。

「是啊，我很想相信不是被當成寵物狗。」

有希露出自嘲的笑容點頭。

「究竟是基於什麼緣分成為這種關係……」

若宮依然一副「無法接受」的表情再三詢問。

但是有希與鱷塚都無法回答。

「不提這個，Ripper，你真的打算自己來？」

問答的雙方對調。

對於有希的詢問，若宮只說「對」點了點頭。

「你剛才不是相當陷入苦戰嗎？多中的護衛很棘手吧？」

「下次會打倒。」

這個語氣令有希感到些許不對勁。

「……你認識多中的護衛？難道一樣是調整體？」

「不是。」

若宮肯定想以明顯愛理不理的這句話帶過。但他大概是換個想法，覺得基於獲救的道義應該提供最底限的情報。

「……不是調整體，是強化實驗體。雖然沒有直接認識，但之前殺掉『魔兵研』的成員時，我聽對方提過『石化之魔女』。」

「石化之魔女？」

「多中身旁那名女護衛的代號。將對象納入視野範圍就能奪走其速度的魔法師。和我實際上被她魔法命中時的感覺一致。」

「奪走速度？她用的魔法是能將看見的對象束縛在原地嗎？」

有希以抓不到重點的表情反問。

「不是束縛。她的魔法恐怕是『減速領域』。」

「減速領域？」

「對象領域內部物體的運動速度，都以一定比率下降的魔法。」

有希歪過腦袋，鱷塚從旁說明。

「感覺是很強的魔法……但你居然沒事。」

有希擅長的是重視速度的戰鬥風格，早就體認到在近距離戰鬥時，速度被扼殺會多麼不利。

「那傢伙的『減速領域』不是原本的術式。強化實驗體經常發生這種狀況，大概是強化發動與瞄準速度的弊害吧，感覺魔法作用對象從領域變成物體，射程好像也變短了。」

「這部分是攻略關鍵嗎……成為參考了。」

有希在露出笑容的同時表示感謝。

「這樣啊。」

（嗯？）

若宮的回應令有希感覺不對勁。剛才的態度與其說是冷淡，感覺更像是遮羞。

（這傢伙果然有可愛的一面……）

毫無可愛可言的司波達也，以及一反可愛外表，個性剛烈的黑羽文彌。有希曾經被這兩個年紀比她小的少年威脅，所以在她眼中，年紀比她大的男性展現「可愛的」另一面頗為新奇。

「……什麼事？」

仔細一看，若宮正以疑惑的眼神看過來。有希連忙繃緊表情。

「……沒事。最後再回答我一個問題，你知道『石化之魔女』的本名嗎？」

「知道，記得叫做仲間杏奈。」

「你說仲間杏奈？」

從若宮口中說出的這個名字，使得有希不禁大喊。

「妳認識？」

「不……」

總之有希先含糊帶過，卻沒自信能夠順利掩飾。

今年春天，在文彌上次交付的工作中，和有希之間上演不堪回首之廝殺場面的「山野哈娜」，有一個一起從菲律賓逃亡過來的老友。從若宮口中聽到的名字和這名女性一致。

[7]

從基地返家的途中，差點在光天化日之下遭到暗殺的多中少校，到家之後掛著憔悴至極的表情坐在客廳沙發。他的右手包著繃帶。若宮刀子造成的傷，已經在警方經營的醫院接受偵訊的同時進行全套治療。

「仲間一等兵，拿酒來！」

「是，馬上來。」

杏奈以缺乏抑揚頓挫的語氣（這是內心被操控的特徵）回應，正如「馬上來」這句話所說，迅速拿著威士忌酒瓶與小酒杯過來。

多中以左手在小酒杯倒滿威士忌，就這麼直接一飲而盡。他在見底的酒杯裡再度倒滿酒，以甚至感受得到瘋狂氣息的發直眼神看著琥珀色的液體。

「『鐵』的小鬼為什麼事到如今……」

他以呻吟的語氣輕聲說完，再度仰頭灌下一杯酒。

「已經七年了。那傢伙無依無靠也沒有戶籍，還以為他早就橫死街頭……」

多中朝矮桌揮下右拳，不小心忘記的傷口痛楚令他表情扭曲。「混帳！」他破口大罵。

調整體「鐵系列」的頂尖傑作「若宮刃鐵」，就是由多中挑選出來當成強化兵士的實驗體。當時若宮才十二歲。

三年後，長大為十五歲的若宮逃離強化設施。

硬是進行強化實驗，結果失去最優秀的個體。為了掩飾失態，多中及其黨羽篡改了已經得到一定成果的「鐵系列」資料，烙上失敗作的印記，安排將所有個體進行廢棄處分。

若宮的資料被當成廢棄個體處理掉，他的逃亡成為只有多中一夥人知道的祕密。

若宮可說是多虧如此才能以殺手身分自由活動，但是多中對於他成為殺手「Ripper」一事無從得知。

對於多中來說，今天若宮出現在他面真的是青天霹靂。

「我完了……」

多中雙手抱頭。

若宮想取多中性命。即使能順利擊退，要是若宮之後被逮捕，或是即使死亡卻被軍方取得他的軀體，就會發覺到本應處分的「鐵系列」其實有人活著。

軍方當然會調查來龍去脈吧。這麼一來，多中主導篡改「鐵系列」資料的祕密將會一舉曝光。

實際上已經成功的調整體魔法師，多中朝著作廢的方向引導。

軍方失去貴重的戰鬥魔法師而遭受莫大的損害，這次多中肯定會被國防軍「處分」。

多中因禁於絕望時，杏奈彎腰將嘴唇湊到他的耳際。

「——少校，我會保護您。」

她這句話本身是顯示身為護衛的忠義，不過說來遺憾，她的語氣缺乏人性。加上臉上也缺乏表情，簡直是女機人。

這是強化措施的副作用，所以她沒有責任。說到責任歸屬的對象，正是將她扔進強化設施的多中吧。

不過，這種道理對於失去平常心的多中不管用。

「不准安慰我！」

多中怒斥杏奈，將她拉倒在沙發上。

矮桌劇烈搖晃，小酒杯翻倒，威士忌甚至灑到地面。

濃郁的蒸餾酒味在客廳擴散，刺激多中的鼻腔。進入鼻子的酒精進一步剝奪了多中的理性。

他按住杏奈的雙手，貪婪地強吻她。

杏奈沒有抵抗。

多中雙手抓住杏奈的衣領，像是要撕開般往兩側拉。鈕釦彈飛，露出杏奈的酥胸。

同一時間，多中板起臉。劇烈的動作觸動右臂的傷，這股痛楚「稍微」冷卻了他的亢奮。

「……不抵抗嗎？」

多中再度按住杏奈的雙手，奪走她的自由再這麼問。

「若能稍微安慰少校的心，請照您的意思做吧。」

依然是缺乏表情的機械性語氣，但是仰望多中的雙眸溫熱溼潤，這雙眼神再度點燃多中的慾火。

多中壓在杏奈身上。

「我不會忘記被少校拯救的恩情。」

不知道杏奈的細語是否真的傳到多中耳裡。

即使傳到了，被情慾支配的多中肯定也沒有意願理解她的真情。

不，說到真情，恐怕連杏奈本人都沒理解。

她在辦理歸化的過程覺得多中對她有恩，這是千真萬確的事實。

然而這份情感被人體實驗扭曲。

國防軍在開發魔法師的初期，害怕實力超越人類框架的魔法師叛變，所以試著藉由基因改造植入絕對不會背叛的先天忠誠心。

不過，這項嘗試失敗了。

以這種基因操作方式製造出來的魔法師「元素家系」在精神層面不穩定，是無法計算忠誠對象的個體。

國防軍有鑑於這次的失敗，將方針轉換為後天忠誠心的強化與強制。

杏奈被植入對於長官的盲目忠誠心，做為操控內心的一環。

在她心中，這份強制的忠誠心和恩義的記憶連結，成為堅定的信念。

囚禁她的這份信念，強烈到令她誤認為「愛情」。

◇◇◇

雖然多中少校自認是被國防軍拋棄了，但是在公路襲擊事件發生的隔天，具體來說在十月二十三日星期二，以包著繃帶的痛心模樣出勤的多中被叫去基地司令部，受命暫時住在基地裡。

這是為了保護他不被暗殺者襲擊。傳達命令給他的幕僚，以厭惡的語氣說明這麼做的原因在於「身為校官屢屢受到警察關照的話很丟臉」，不過以多中的立場，司令部如今對他怎麼想都不重要。

基地會保障他的生命安全。對於無法擺脫昨日絕望的多中來說，拐彎抹角的軟禁也是出乎意料的援手。

多中少校受命入住的場所，嚴格來說不在基地內部，是K市陸軍基地旁邊的軍方研究設施，但是這對多中來說反而方便。

研究所的真面目是魔法師強化設施，這裡在他心目中等同於老窩，比起周圍都是敵人的基地還舒適。

而且這間研究所也是負責為杏奈進行強化措施的設施，多中認為一旦出事也可以期待援軍。

他愉快地開始這段軟禁生活。

◇　◇　◇

有希掌握到多中的動向，是十月二十五日星期四的事。

二十三日，多中沒有回到自家，分頭監視他動向的鱷塚與妙子覺得可疑，所以合力查出他的下落。

「目標藏匿在軍方的研究設施嗎……真虧你查得到。」

一般來看，軍方設施的情報控管肯定比民間嚴密。有希說「真虧你查得到」的意思是「真虧你在這麼短的時間調查到軍方情報」。

「這樣啊，說得也是。」

「怎麼講得一副事不關己？雖然工作還沒結束，不過能夠查出目標下落無疑是立了大功喔。」

有希這番話引得鱷塚和妙子轉頭相視。

「很奇怪。」

回應有希的是妙子。

「奇怪？什麼事？」

有希以疑惑表情反問。

「太簡單了。」

「簡單……是指太簡單查到目標的下落嗎？」

有希納悶這麼說，妙子與鱷塚同時點頭回應。

「正常來想，軍方藏匿多中少校，是要保護他不被暗殺者的凶刃襲擊。」

有希點頭回應鱷塚的話語。

「我們也這麼認為，試著向出入基地的業者打聽。不過始終只當成最初的線索，我們覺得調查過程當然會拖很久。」

「——不過，想要的情報早早就自己上門？」

這次是鱷塚點頭回應有希的推測。

「嗯，簡單到讓我們認為簡直是對方故意洩漏的。」

有希眉頭深鎖。

「……陷阱嗎？」

恐怕任何人理所當然都會和有希一樣懷疑，但是鱷塚搖了搖頭。

「我認為不是陷阱。」

「我也這麼認為。」

妙子也附和鱷塚。

「這是我的……應該說我們的推測，軍方或許把目標當成燙手山芋了。」

有希立刻理解妙子想說什麼。

「軍方故意要讓我們暗殺多中？根據是什麼？」

「沒有。真要說的話，就是從這份情報嗅到的味道。」

鱷塚承認毫無根據，同時展現自信。

「這樣啊。」

有希沒有繼續作勢追問。

「……您接受這個說法？」

妙子一副深感意外的模樣反問。

「因為沒有別的線索。假設這是陷阱，是軍方故意放出假消息，那麼即使繼續調查也得不到更多情報吧，只是浪費時間。」

妙子正面承受有希的視線，像是被震懾般點頭。

「既然這樣，最好把這個消息當真，以這個前提開始行動，即使是陷阱也只要咬爛就好。我們現在是要殺掉現役軍人，從一開始就覺悟到會面臨這種程度的風險。」

有希這番話使得妙子發出「哇……」的感嘆。

「Nut這股俠氣真令人著迷，我好崇拜。」

「這可不算是稱讚啊。」

有希瞪了妙子一眼。

妙子裝傻撇過頭。

以非正規形式互瞪的有希與妙子（有希瞪著妙子，但是妙子就這麼看著其他方向），在端茶點過來的奈穗規勸之下，重新回過頭來討論工作。
「那就入侵K市基地旁邊的研究設施除掉目標，以這個方針進行對吧？」
有希果斷點頭回應鱷塚的詢問。
「雖說沒定期限，不過差不多該解決了，否則不太妙吧？」
這次是鱷塚點頭回應有希的指摘。
「那麼Croco，目標位於研究設施的哪裡，麻煩你盡量打探清楚。」
「收到。」
「麻煩Anny檢討哪些地點可以狙擊研究設施的窗戶。」
「這沒問題……不過既然是軍方設施，當然會使用防彈玻璃吧，要從外部進行狙殺很難耶？」
「我知道，我也不認為能用步槍殺掉。」
「……妳有什麼計策嗎？」
「不到策略的程度吧。」
妙子注視有希雙眼約一秒之後點頭。
「——知道了，我會在明天找到狙擊點。」
「好，再來就是什麼時候下手……這必須先等Croco調查吧。」

有希支支吾吾要總結這段討論時，電話響起來電鈴聲。

奈穗以副螢幕確認對方，然後慌張轉過身來。

「有希小姐，是文彌大人打來的！」

有希下意識地拿起面紙擦拭嘴角，低頭看著胸口檢查服裝是否不整。此時她露出回神般的表情然後一臉不悅，大概是氣自己做出像是要討好文彌的反應吧。

「接通吧。」

命令奈穗時的語氣粗魯，肯定也是基於相同理由。

「是。」

奈穗回應的同時，牆面的大型螢幕映出等比例的文彌上半身。

『有希，好久不見。總覺得妳心情不太好，發生什麼討厭的事嗎？』

有希什麼都還沒說，文彌就主動親切搭話。

「上次對話至今還不到一個月喔。」

有希以冷淡語氣回應，無視於文彌的詢問。她不是以負面意義來說膽大包天的人，所以不敢說出「你的電話是我心情不好的原因」這句話。

『原來還沒有多久嗎……最近時間過得真快耶。』

「老頭子才會這麼說喔，不然就是你工作過度。」

有希的回應引得畫面上的文彌苦笑。

『……就當成我工作過度吧，最近很忙。』

「那就別和我閒話家常，回去工作吧？」

『說得也是，來談工作的事情吧。』

文彌表情變得嚴肅，有希也自然擺出一絲不苟的姿勢。

『軟禁多中少校的強化兵士研究設施，在下一個星期日的晚上八點起，警備系統「預定」會因為供電系統故障而當機一小時。』

有希對文彌這段話起反應，需要一瞬以上的延遲時間。

「下一個星期日的話是二十八號啊，預定會故障嗎？」

『嗯，始終只是預定。』

有希酸溜溜地詢問，文彌假惺惺地回答。

『接下來不必我說，妳也知道吧？』

「嗯，謝謝你提供寶貴的情報，我們也會按照這個『預定』行動。」

『抱歉突然這麼要求，不過希望務必在星期日解決。』

「這份工作不是沒有期限嗎……？哎，知道了。我也不想被一個難關拖住這麼久。」

突然設定期限的理由，有希沒有嘮叨詢問。

都已經妥善安排到切斷警備系統了。賭上專家的矜持，不能在這種狀況說出喪氣話。

「交給我吧，我會在二十八號晚上確實除掉目標。」

『等妳的好消息喔。』

有希堅定斷言之後，文彌露出滿意的笑容囑咐。

◇◇◇

在二十二日星期一襲擊多中少校失敗的若宮，為了提防警方通緝而在藏身處躲到星期三。他細心追蹤媒體報導，對於事件完全沒人報導感到可疑，得出一個結論。

他襲擊多中少校的事件被管制報導，世間完全不知道這件事。對於普通人來說，若宮不是什麼嫌犯，是連長相都不認識，不值得注目的群眾之一。

恐怕是為了引誘我出現吧。若宮心想。

警方肯定做好準備等他現身，但是若宮不會選擇就這麼躲起來。對他來說，報復「魔兵研」比任何事情優先——甚至是自己的生命。

二十四日星期三，他再度埋伏在多中的返家路線。雖然已經覺悟到警方會架設天羅地網，但是幸好沒被發現。

甚至連像是警察的人影都沒看見。不只沒有制服警察，也沒有便衣刑警。即使不是若宮，也不會將這個狀況單純解釋為幸運吧。

他當然懷疑是陷阱。但即使再怎麼集中知覺，也沒能發現可疑的人或物。到最後，他沒能做任何事就結束這一天。

隔天，若宮從早上就在多中的通勤路線埋伏。換過場所，下班時也監視回程路線。至此他終於察覺「怪怪的」。

昨天他以為是自己分散注意力找警察才看漏。但是他今天定睛觀察道路來往的車輛所以敢斷言，多中沒使用通勤路線。

是待在家裡不出門？

還是沒回家？

如果是前者還好，只需要冒著風險入侵住家。但如果是後者就會陷入僵局。

為了襲擊多中與米津，光是調查他們的去向，若宮就花費相當的時間與勞力。如果多中移動到新的藏身處，應該需要同等的時間與勞力查明吧。

若宮完全不會捨不得付出勞力。

然而時間是另一回事。鎖定多中少校的不只若宮。

亞貿社的殺手也就是有希他們，應該會比我更快查出多中的下落——若宮如此心想。

若宮沒忘記和有希訂下「不會妨礙彼此」的協定，也無意忽視這個協定。但他也絲毫不想將報復的重頭戲拱手讓出。

多中是將若宮送進強化設施的罪魁禍首。若宮痛恨多中的程度，更勝於直接玩弄他身體的瘋狂科學家。聽到「鐵系列除了他全部被殺」的真相之後，這份憎惡與怨恨更加深刻又強烈。

石豬少尉老實說不重要，至於米津上尉，若宮也不堅持必須親自下手，但是只有多中少校，若宮想親手送他下地獄，這是他最真實的想法。

（可是，該怎麼做……）

他曾經是軍人，卻沒有認識的人願意暗中洩漏基地內部的情報，也想不到哪個情報販子的管道深及軍方內部。

（——不管三七二十一，試著潛入吧。）

陷入僵局的若宮，決定挑戰不利的賭局。

◇　◇　◇

十月二十六日，星期五。

若宮立刻試著入侵K市基地。

基地圍牆設置的警備裝置滴水不漏。就算這麼說，正面突破閘門也不在考慮範圍。他看上基地旁邊的研究設施做為入侵路線。

這座設施沒有讓人輕易得知用途的名稱、商標或標誌，但是若宮馬上就知道裡面在做什麼。他被改造身體（雖說是改造，卻不是動手術安裝機械，是使用藥物與病毒的生物化學處置）的地點不是這裡，不過光從外觀看來，建築物的基本構造相同。

很像是多中會逃進去的場所——這種感覺也是他選擇這裡當成入侵路線的理由。

不對，「多中或許躲在這裡」的期待，甚至在他選擇路線時產生決定性的作用吧。

客觀來看，這不算是聰明的選擇。

人體實驗是明顯的非法行為。只不過在世界大戰之後的時代，國際間繼續維持軍事緊張，這種行為就被放任至今罷了。而且社會也絕對沒容許，只是睜一隻眼閉一隻眼，媒體一旦報導出來，必然會為政局掀起波瀾。

因此，用來隱瞞真相的警備體制變得更加森嚴，翻牆的風險恐怕比較低，以「選擇易於入侵的路線」這個意義來說，若宮的做法是本末倒置。

若宮大概是心理層面陷入絕境而失去冷靜，否則應該不會強行做這種傻事。這樣下去他幾乎肯定會被國防軍逮捕。

「等一下，請停止這種愚笨的行為。」

——幸好有人從背後輕聲對他這麼說。

若宮連忙轉身。

他自認沒有放鬆警戒，卻沒察覺被人從背後接近而錯愕。

若宮下意識地擺出迎擊架式。

「妳是……」

但他認出對方身分就解除架式。

戴著時尚平光眼鏡，左肩背著大型攝影包的年輕女性。是亞貿社的殺手Anny——姉川妙子。

「跟我來。」

妙子抓住若宮的手，不容分說拉著他離開研究設施前方，就這麼走了十分鐘左右，來到拉下鐵捲門的攝影棚從後門進入。

「這裡是？」

若宮理所當然提出這個問題，妙子沉默不應。

「——請你停止這種愚笨的行為好嗎？會造成困擾。」

妙子沒回答問題，改為加重語氣責備若宮。

若宮不明就裡，直翻白眼。

「……劈頭就說得這麼不客氣啊。」

經過不短的延遲之後，他好不容易才擠出這句話。

「你沒自覺嗎？」

妙子的語氣愈來愈刻薄。

「…………」

實際上，若宮不知道她在責備什麼，被迫說不出話。

「……居然想潛入警備森嚴到固若金湯的那種建築物，等於是自投羅網吧？」

妙子一邊嘆氣，一邊以傻眼的聲音指摘。

若宮無法反駁，看來他其實也早就知道了。

「你要自暴自棄沒關係，可以在不會造成我們困擾的地方這麼做嗎？要是你在那裡被抓，會影響到這邊的工作。」

「工作……？」

至今默默甘於接受責備的若宮，驚覺般睜大雙眼。

「多中果然躲在基地對吧？」

妙子臉上只在一瞬間掠過慌張神色。

但她立刻露出放棄的表情，再度嘆口氣。

「……多中少校藏匿在那間研究設施。」

「果然嗎！」

若宮的氣勢像是隨時要朝剛才那棟建築物突擊。

「還有……」

妙子加重語氣，強行將若宮的注意力轉向她。

「這個星期日的晚上八點，我們的協力者會讓設施的警備系統當機。想潛入的話請等到那個時候。」

「……連這種情報都告訴我，沒關係嗎？」

大概是強烈的意外感冷卻了激動的心情，若宮表情稍微回復平靜，並且以有些錯愕的聲音詢問妙子。

「沒關係，總比你沒多想就妨礙我們的工作來得好。」

妙子回答的語氣聽起來不負責任。

「為求謹慎提醒一下，並不是連警備兵都離開，請不要魯莽入侵喔。」

「我當然知道。我才要提醒你們，別被巡邏人員發現啊。」

「我們不會犯這種錯喔，告辭。」
妙子說完走向後門。
「等一下。」
若宮從後方叫住她。
「什麼事？」
「你們應該沒查明多中躲在設施的哪裡吧？」
「不知道。就算知道，你認為我會告訴你這麼多嗎？我們不是處於合作關係，是比賽誰先收拾目標的競爭對手喔。」
「……說得也是，抱歉我問了傻事。然後……」
「還有什麼事？」
妙子反問的聲音透露不耐煩的情緒。
若宮掛著內疚的表情。
「那個，剛才對不起。妳出面阻止我，幫了我一個大忙。」
「不用客氣。」
對於若宮難能可貴的道歉，妙子冷淡回應，接著真的從他面前離開了。

〔8〕

十月二十八日星期日，下午七點半。

有希與鱷塚位於從國防陸軍K市基地徒步約十分鐘的攝影棚，也就是妙子星期五帶若宮來的場所。

這間出租攝影棚由亞貿社以虛構名義租借，用為本次工作的中繼基地。雖然有希不太需要，但是對於必須以自動車當成移動手段的狙擊手來說，中繼基地是不可或缺的。與其說是為了攝影棚本身，應該說是為了附設的停車場而租借，而且不是為了有希，是為了妙子而準備的據點。

今天也是由鱷塚擔任妙子的駕駛。有希現在位於這裡，主要是陪同鱷塚過來。

「Anny那邊有連絡了嗎？」

有希看著手錶詢問鱷塚。

「嗯。就在剛才，我收到她已經就定位的訊號。還有三十分……不對，二十八分，所以也覺得她有點早到。」

他們的工作並不是做得愈快愈好。

尤其身為狙擊手的妙子隨身帶著大型狙擊槍。等待時間愈長，被發現的風險也愈高。

鱷塚的憂慮很中肯，但有希不太擔心。

「那傢伙也不是外行人，應該有好好思考這部分吧。」

「說得也是……」

鱷塚也不是由衷擔心。他覺得自己之所以變得神經兮兮，只是因為這次的工作在各方面和往常不同。

「……如果能找得到好地點是最好的。說起來，是否能潛入可以狙擊的地點也是一種賭博。」

持續短暫的沉默之後，有希像是想起來般如此補充。

「可是，能夠順利引導目標嗎？我們甚至不知道目標是否躲在有窗戶的房間。」

鱷塚大概也一直在想妙子的事，立刻對有希的話語起反應。

「不行的話就思考別的方法，總之到最後能殺掉目標就好，以往不都是靠臨機應變來處理的嗎？」

「話是這麼說沒錯……不過這次無法計算的要素比以往多太多了。Nut，請務必算準收手的時機啊。」

「我知道，我也不想被軍方抓去當成白老鼠……喔，已經這個時間了嗎？」

有希再度看向手錶，指針顯示離八點還有十五分。

「我也差不多要出發了。」

「我會保持隨時可以出車的狀態。Nut，小心行事。」

「嗯。」

有希輕輕揮手，走向攝影棚後門。她的隨身物品不多，服裝輕便的她只揹著小小的女用背包。

◇ ◇ ◇

妙子預告的時間將至，若宮也開始預備襲擊研究設施。

他並非毫不迷惘，妙子說的是否可以全盤相信？這份疑惑沒從若宮內心消失，但是沒有其他線索了。他豁出去認為「懷疑也沒用」迎接這一晚的到來。

若宮躲在位於研究設施正對面，主打便宜優勢的咖啡連鎖店。他打算大膽（或者說魯莽）從正面大門突破。

他當然也有勝算，只要發生警備系統當機的緊急狀況，警備兵肯定會受命死守崗位。

援軍趕到的時間想必比平常更久。

正面大門的警備兵共四人，一般士兵即使四對一也敵不過若宮。

若宮對於改造他的人們確實懷抱憤怒與憎恨，卻也同時對這些人植入他身體的戰鬥力抱持自信。

若宮將空杯子放在長桌上，低頭看錶。

時間是七點五十五分。

店家送上餐點的時候已經結過帳了。若宮直接起身走到店外。

◇◇◇

有希比若宮更慎重一些。

這座研究設施呈現平凡辦公大樓的外觀做為掩飾，也沒有限制周圍建築物的高度，隔著道路的旁邊大樓幾乎和研究設施等高。

她入侵到那棟大樓的樓頂。

道路寬八公尺，兩棟大樓間隔十二公尺左右，即使是一般人，使用普通工具也跳得過這段距離。

這種程度的事情，國防軍當然也知道，因此在樓頂有設置防止入侵的警備裝置。不過大概是因而放心，並沒有士兵看守。如果警備系統正常運作就無法使用這條「路」，不過這個問題即將消除。

（再一分鐘……三十秒……時間到！）

研究設施窗戶透出的光線突然消失。

有希所戴護目鏡映出的紅外線光網也不見了。

（……還是一樣這麼驚人。）

誤差不到一秒的俐落手法令有希深感佩服。

她在同一時間發動「身體強化」。

異能之力充滿有希的肉體，她的力量與速度增幅為數倍到十數倍。

在沒強化的狀態，有希的跳遠成績也總是維持七公尺。即使考慮到助跑距離不足、地面狀況不佳或是圍欄的存在等各種不利條件，跳十二公尺遠所需強化的倍率也只要五倍就夠。

她毫不猶豫、毫不畏懼地跳向大樓間的深谷。

有希嬌小的身軀在夜空飛舞，她以防割手套保護的雙手，安全抓住研究設施的鐵柵，她的雙腳當然穩穩踩在樓頂外緣。

有希輕盈翻過柵欄，成功入侵國防陸軍在K市的強化設施。

◇ ◇ ◇

（哇……身體能力比傳聞還厲害。）

妙子就這麼將望遠鏡抵在眼睛前方，在內心發出感嘆。

她潛伏的場所是研究設施隔著基地的另一側。距離約八百公尺遠的大樓某房間。

從這裡狙擊有點遠，但是找不到其他合適的地點。研究設施的窗戶，只有面對基地那一側是真的，其他都是假的。

妙子在晚上無人的事務所窗戶，以望遠鏡觀察（形容為「觀測」或許比較適切）目標的研究設施，剛好目擊有希的跳躍。

（能跳那麼遠的力量不在話下，距離感與平衡感更高超。力量與速度再怎麼增幅，光靠這樣也做不到那種事，頂多只會駕馭不了力量而失去平衡。看來Nut不是依賴異能的蠻力女……）

妙子從各路同行聽過有希的評價。情報來源不光亞貿社同事，也包含不知道「Nut」真面目的生意對手。

他們對「Nut」的評價都很高。

不過幾乎都會提到「超越人類的身體能力」。

妙子對此感到一絲不安，覺得「Nut」或許是「依賴異能的蠻力女」。但她現在拭去這份擔憂了，看來不用擔心流彈誤傷自己人。

（好啦，「另一人」在哪裡呢？）

妙子在想若宮的事。若宮位於研究設施的正前方，從她的位置來看是位在建築物的後方，所以看不見。

（希望他不要又做傻事。）

妙子沒察覺自己不小心「插旗」。

◇　◇　◇

研究設施的正前方發生大騷動，警備士兵陸續集結，速度明顯和若宮預估的不同。

國防軍的設施原則上具備應急的獨立電源，這間研究設施當然也有自家發電設備。所以不會因為「一般」的理由停電。

無論是意外還是犯罪，不可能因為外在原因停止供電。如果出現停電的狀況，原因可能是內部設備故障、人為事故或是遭到暗中破壞。

然而如果是故障或事故，很難想像連供應警備系統的電力都全面停止。警備負責人首先懷疑是遭到暗中破壞。

入侵者在這時出現。正面大門被歹徒突破的消息，使得警備隊長將別處的警戒擱置，下令全隊前往正面大門。

原本負責守衛大門的四名士兵，若宮按照預定不到一分鐘就打倒，但是容許士兵成功通報是預定之外的失策，他在這一點可以說是過度低估「普通士兵」的能耐。

聽到趕過來支援的腳步聲，原本想打倒士兵從終端裝置取得館內情報的若宮，只能放棄計畫不顧一切逃離大門。

設施內部因為停電而幾乎伸手不見五指，對他來說是一種幸運。

突然陷入黑暗的警備隊沒能準備夜視裝置。走廊沒有窗戶，唯一的光源只有各隊員隨身攜帶的手電筒。

避開警備兵手電筒的細長光線行動，對於若宮來說不是難事。

但是因為避開警備隊到處亂跑，他完全掌握不到自己現在的位置，頂多勉強知道自己目前位於三樓。

要是就這麼漫無目的亂晃，找到目標人物的可能性趨近於零。

想要得到線索只能見門就開，向裡面的職員打聽，或是反過來襲擊警備兵之後詢問。

不過，若宮剛才因為過度低估警備兵而陷入現在的狀況，所以心理上難以選擇第二個方法。

就算這麼說，他也完全不知道每扇門後有什麼東西，躲著什麼東西。要是看見任何房間都闖進去看看，不確定的要素太多了。

若宮在黑暗之中進退兩難。

◇◇◇

樓頂的門沒上鎖。

電子鎖隨著停止供電而解鎖。以防止避難路線被封鎖的機制來說很妥當，不過就有希看來非常粗心。

如果是一般的建築物，為了防災而以確保避難路線為第一優先應該是對的。但是軍事設施和民間大樓採用相同原則就令人不以為然——只不過多虧如此，有希省下破壞門鎖的工夫。

她打開門，以預先準備的門擋固定門板以免關上，然後跑向防墜柵欄。不是剛才用來入侵的那一側，是面向基地的那一側。

有希抓住鐵欄，搖晃好幾次確認強度之後放下背包，取出捆成一小束的繩索。

將繩索牢牢綁在鐵欄，繩頭固定在腰帶扣環。

確認扣環穩固之後，這次有希坐了下來，在鞋底裝上像是軟釘的物體。軟釘集中在腳尖。

她站起來確認軟釘不會脫落，隨即輕盈跳過鐵欄。

先是抓住樓頂外緣停止落下，然後就這麼往下爬到牆面。不只是緊貼在牆壁，還開始橫向移動。

能夠做出像是蜘蛛的這種動作，原因是固定在有希手套與鞋底的軟釘。這是亞貿社最近開發給現代忍者使用的裝備，名為「壁蜘蛛」，但如果是磚式裝飾的外牆就算了，要在沒什麼凹凸的牆面移動，必須兼具力氣夠大與體重夠輕這兩項條件，所以實質上成為有希的專用裝備。

有希接近頂樓各房間的窗戶，豎起耳朵偷聽內部的聲音。

事前的調查沒能確定目標對象的所在處。不過這座設施的基本構造已經查明。

這棟建築物只有頂樓房間可供正常住宿。實驗體的個人房間在下方樓層，不過格局和住院大樓的多人病房差不多。多中好歹是校官，軟禁他的場所只可能在頂樓。

有希從邊角依序接近窗戶，豎起耳朵。

（這間嗎……）

聽力以「身體強化」增幅之後，耳朵不需要貼在窗戶，只要接近到某種程度就聽得出室內的說話聲。從這扇窗戶內側傳來的無疑是目標——多中少校的聲音。

而且另一名年輕女性的聲音也傳入有希耳中。

（這聲音應該是護衛的魔法師吧。仲間杏奈嗎……）

關於護衛多中的女士兵身分，有希已經聽若宮說明了。

別名「石化之魔女」，接受過強化措施的魔法師——仲間杏奈。

有希腦海浮現她之前親手奪走性命的女大學生臉龐。

「…………」

她輕輕搖頭將雜念趕出意識，從腰帶取出鈕釦大的機械貼在窗戶旁邊。然後她重新確認這是從邊緣數過來的第幾扇窗戶，再度爬牆回到樓頂。

◇◇◇

看見有希潛入研究設施之後，妙子放下望遠鏡，打開藏身房間的窗戶。

然後拿起直立靠在窗戶下方的步槍。

不是最近流行的電動馬達式半自動步槍（以小型馬達拆卸彈匣或裝填子彈的步槍。和氣壓式不同，不必擔心填彈時的振動偏移準心，手指不必離開扳機也能連續射擊），是必須手動拉槍機的傳統步槍。

她從稍微打開的窗戶縫隙突出槍口，右眼窺視光學照準器。照準器的視野除了標線還映出紅色光點。妙子眼睛暫時離開照準器，再度以望遠鏡確認目標窗戶，然後重新窺視照準器。

有希貼在窗戶旁邊的小型機械，其實是紅外線發光器。妙子窺視的照準器安裝紅外線濾鏡，將發光器射出的紅外線化為肉眼可見的紅色光點。

望遠鏡也搭載紅外線模式，妙子就這麼將其抵在眼前，反覆切換可視光與紅外線兩種模式，掌握窗戶與發光器的相對位置。

她參考發光器的紅外線，將槍口朝向研究設施的窗戶。

她在腦中數到三十——計算有希到達頂樓走廊的時間點，扣下扳機。

槍聲在夜空轟然作響。

妙子拉槍機重新裝填子彈，數到五之後再度按下食指。

再度響徹夜空的槍聲，高聲宣布狙擊手的存在。

子彈超過音速射出時的槍聲，沒有消音器能完全消除。

除非使用魔法才做得到這種事，可惜妙子不是魔法師。

她沒確認兩次槍擊的成果，急忙將步槍分解收好，將望遠鏡塞進背包之後逃離現場。

◇ ◇ ◇

突然的停電使得多中驚慌失措。

「發生了什麼事？」

可以發洩情緒消解不安的人物隨侍在他的身旁。

「……請稍待。」

從「多中下方」鑽出來的仲間杏奈在床上起身，赤腳踩在地面站起來。

在緊急照明的微弱燈光中，杏奈俐落穿上衣服，多中見狀也摸索將衣服拿過來。他還沒完全遮好下半身，杏奈就已經找到電池式的提燈。

「非常抱歉，長官，情報終端裝置也沒電，無法確認設施內的情報，這次停電恐怕影響到建築物內的所有設備。」

「知……知道了，總之妳先轉過去一下。」

多中的哀號使得杏奈眨了眨眼睛，即使掛著疑惑表情依然回應「是」轉身背對他。

杏奈背後持續響起窸窸窣窣的笨拙聲音。

「可以了。」

聽他這麼說，杏奈轉過身來。

多中姑且穿著制式軍服。不過鈕釦從中間就扣錯了一格。

杏奈不經意移開視線，假裝沒發現。

「妳說現在喪失所有電力？知道原因嗎？」

「……只是推測可以嗎？」

「無妨。」

多中沒察覺杏奈回答時的不自然停頓。

他大概誤以為這是思考時間吧，實際上只是多中的服裝——扣錯的鈕釦害杏奈分心，導致反應慢半拍。

「可能是本設施遭到某人襲擊。」

杏奈以絲毫看不出剛才分心的態度回答。只不過，即使她展現稍微不自然的態度，多中肯定也沒餘力在意。

「襲擊？敵國的特務嗎？」

多中狼狽到滑稽的程度。

即使人格方面有問題，多中擁有的能力肯定也和地位相符才對，但是這時候的他直到聽杏奈如此指摘，才想到可能是有人暗中破壞才造成停電。

「無法連對方的真面目都查明。」

不過，多中還維持足夠的平常心，沒有因為這句回應而氣得臭罵或毆打杏奈。

他的恐慌不是對外發散，而是以恐懼心的形式集中到內側。

多中先是起身，然後發出聲音坐在床上。

浮現在提燈光芒的多中臉孔鐵青緊繃。微微顫抖的嘴唇，以模糊的聲音反覆說著「不會吧」以及「怎麼這樣」。

「長官，您意下如何？」

杏奈請求多中指示。

多中的心已經成為恐懼的俘虜，連他是否意識到杏奈的聲音都很可疑，不過杏奈沒等太久。

事件發生的時間點，可以說是她剛問完多中的下一瞬間。

整面窗戶響起低沉的聲音，出現細微的龜裂。

「長官，請趴下！是狙擊！」

杏奈在大喊同時推倒多中。多中被過強的力道推得滾下床，但他沒有餘力責備杏奈。

窗戶玻璃隨著第二次的槍聲粉碎，防盜玻璃頂多只能承受一顆步槍彈。

之所以在這個時候沒腿軟，大概是因為再怎麼差勁依然是現役軍官吧。多中將雙手雙膝撐在地面站起來，蹣跚走向通往走廊的門。

「長官，請留步。貿然行動很危險！」

杏奈連忙叫住多中。

「笨蛋！待在這裡不就成為最好的靶子嗎？」

但是多中充耳不聞。杏奈在一瞬間領悟到，想說服他只會白費唇舌。

「那麼至少由我帶頭！」

杏奈選擇以自己當擋箭牌。

「唔，嗯。知道了。」

多中以僅存的理性讓路給杏奈。

杏奈慎重開門，從門縫窺視走廊的狀況。失去照明的走廊覆蓋著幾近完美的黑暗，無法辨別是否有人影。

即使如此，她依然拚命專注聆聽，確認沒有聲響之後，單手提燈來到走廊。

多中準備跟在她的背後走出去。

「長官，或許有歹徒躲在附近。屬下去確認，請稍待。」

不過大概是被「歹徒」這兩個字嚇到，這次他乖乖聽從杏奈的忠告。

◇　◇　◇

若宮在三樓暫時停下腳步，不過剛才前去支援正面大門的警備兵上樓了，腳步聲逼得他一直往樓上跑。

走到通往頂樓的階梯平台時，他聽到槍聲而再度停下腳步。

（這是……來自外部的狙擊嗎？）

兩發槍聲以及防盜玻璃破裂的細微聲音。他從聲音傳導方式判斷不是室內的開槍聲。

如此心想的若宮，腦中浮現「Anny」姉川妙子的臉龐。

（很難想像同一個設施的相關人員同時有好幾人成為暗殺目標，剛才的槍聲應該是在狙擊多中。）

若宮也認為自己這個想法包含了一廂情願的要素，但是他沒有關於多中下落的其他線索，所以決定賭上這個可能性。

（剛才槍聲是從上方傳來的。）

他沿著在黑暗中延伸的階梯跑上樓。

◇　◇　◇

杏奈將多中留在室內的行為，使得貼在走廊天花板的有希在內心咂嘴。

（……挺優秀的護衛嘛。）

趁著多中被妙子的狙擊嚇得衝出房間時殺掉——有希的作戰在只差一步成功的時候受挫。

狙擊之後，房門立刻開啟，到這裡都符合計算。

但是從房內現身的不是多中，是護衛的女兵。

（仲間杏奈嗎……）

有希的腦中掠過山野哈娜大喊「殺了我！」的悲痛表情。大喊「開什麼玩笑」的痛苦聲音重新響起。

（別這樣。）

有希命令自己動搖的心。

（這是無聊的感傷。說起來，存在於哈娜她們兩人之間的隱情和我無關。）

（哈娜只不過是我至今殺掉的數十人之一。）

（想起自己的身分吧。我不就只是個「普通殺手」嗎？）

有希命令自己「殺吧」。

（妨礙工作的傢伙純粹是「障礙物」，障礙必須排除。）

她被迷惘囚禁的時間只有短短數秒。

不過這段時間足以招致狀況混亂。

◇◇◇

抵達頂樓的若宮，認出一個人影拿著雖然小卻相當亮的照明燈，也目擊到可恨的多中少校從人影背後探出頭來。

「——！」

他強忍湧上喉頭的咆哮，將這份能量追加在奔馳的力道，衝向多中少校。

即使能克制喊叫，若宮卻沒有餘力連腳步聲都壓抑。

杏奈朝著鞋聲舉起行動提燈，擴散的燈光中浮現若宮握刀的身影。

「多中～～！」

認知到被對方發現的瞬間，若宮放聲咆哮，抑制至今的激昂一口氣噴發。

「咿！」
多中哀號回到室內。不只如此，他縮頭之後立刻鎖門。
——將杏奈留在走廊。
「嘖！」
有希發出咂嘴聲，從天花板跳下來。
杏奈連忙轉身。
但是杏奈面前只有無人的黑暗走廊。
她轉頭的時候，有希已經離開她的視野。
杏奈毫不猶豫放棄找出新的「歹徒」（也就是有希），再度轉身朝向若宮。
對於自己被鎖在門外，杏奈腦中沒有不平或不滿等情緒。這對她來說是理所當然。
如果多中留在走廊，杏奈大概會將他推回房內。
要是多中逃回去的房間依然開著門，杏奈應該會關門，並且一定會叫多中上鎖。
對於杏奈來說，多中的自私行動反而令她感謝。
「『石化之魔女』，讓開！我不希望強化實驗體自相殘殺！」
擊退來襲的敵人就好。
像這樣只專注於戰鬥的杏奈，內心對若宮的話語起反應。

「你也是實驗體？」

「沒錯，我也是被多中扭曲人生的一人。」

「所以要殺害長官？」

對於杏奈的詢問，若宮像是「無須多說」般默默點頭。

「那就無法避免戰鬥，我必須保護長官。」

「為什麼？妳也是那傢伙的犧牲者吧？」

若宮將煩躁情緒化為疑問朝杏奈發洩。

杏奈的表情——毫無情感的表情不變。

「說得也是，從客觀來看，我確實是人體實驗的犧牲者吧。但是玩弄我身體的是日本軍，長官——多中少校是我的恩人。所以我的忠誠屬於他。不會讓你殺害長官。」

「日本軍……？」

若宮的語氣透露突兀感。

「妳是……歸化軍人嗎？」

「是的。」

杏奈以平淡語氣肯定若宮的詢問。

完全感覺不到她想隱瞞自身經歷的意圖。

「那個傢伙要妳從軍是吧？條件是在歸化時給妳一個方便。」

「是的。」

「這是那傢伙的手法！我也一樣。那傢伙騙了一無所知的我，暗示會保證賦予我一般兵的權利，要我自願進入實驗設施！」

「我知道你是調整體，我聽長官說過。」

「你明知那傢伙的手法……？」

若宮以錯愕語氣詢問，杏奈一臉無所謂般點點頭。

「我也知道依照法令，調整體被保障擁有和一般國民同等的權利。不過……」

此時，本應受到心理控制的杏奈，只在瞬間露出真正的自我。

「這種事，錯的是受騙上當的人。我的故鄉就是這種地方喔。」

超越了情感表現受限的「無」之表情，露出「虛無」的表情。

「妳……！」

情緒差點爆發的若宮，表情也沉陷為「無」。

若宮默默砍向杏奈。

杏奈的眼睛射出想子光。

若宮身體僵硬——不對，是動作的速度極端下降到誤認為停止。

是杏奈的「減速領域」。將視認「物體」的運動速度，以一定比率下降的魔法。

真正的「減速領域」是以一定空間為對象，將入侵物質的運動速度（包含分子運動）降低的魔法，不過杏奈使用的魔法只以她能視認的物體為對象。

以這點來說，她的魔法是正規「減速領域」的劣化版，不過相對的，杏奈只要透過目視——只要視認就能對物體減速。她接受這種重視速度的強化改造。

其中的竅門是循環演算。杏奈持續以循環演算建構「減速領域」的魔法式，沒有減速對象的時候就將魔法式作廢。

換言之，她「看見」的時候就已經準備好發動魔法。

或許該說正因如此，所以她能夠持續戰鬥的時間限制為十分鐘。要是繼續進行循環演算，魔法演算領域將會過熱。

十分鐘限定的魔女。這就是強化魔法師仲間杏奈的真面目。

將提燈放在地上的杏奈抽出刀子，刀尖朝向若宮。

遭到杏奈魔法拘束的若宮，全身噴出想子光。

「術式解體」。釋放的想子壓力，將束縛自己身體的「減速領域」魔法式震飛。

調整體「鐵系列」是以長時間續戰能力為主旨製作的基因改造魔法師。設計時聚焦在肉體的耐久性、體能以及想子存量。

在「鐵系列」之中，若宮天生擁有特別充沛的想子存量。調整體開發團隊注意到這項特徵，為若宮設計了想子操作的特殊訓練課程。

經過這種訓練，若宮能在某種程度自由操作自己保有的龐大想子，其成果就是「術式解體」。

對他來說，「術式解體」不是仇敵「魔兵研」賜予的能力，沒有避諱使用的理由。

杏奈的刀尖再三十公分就刺中——若宮在這個階段取回自由。他不是將杏奈的刀子，而是將杏奈的手臂往外撥，改變攻擊軌道。

杏奈的刀刃擦過若宮臉頰，在若宮皮膚劃下一條紅線。但如果他的復仇心因為這種程度就怯懦，他現在就不會來到這裡。

若宮將刀子橫砍，杏奈的喉頭位於軌道上。

她不是以自己的武器擋下這一砍，而是後退閃躲若宮的凶刀。

杏奈沒忘記若宮的底牌。

除了「術式解體」，若宮還擅長另一個魔法。

「高頻刃」。

要是和超高速振動的刀刃互擊，砍下去的刀反而會被切斷。雖然並非絕對無法防禦的魔法，不巧杏奈沒有防禦所需的技能。

為了完全閃躲，杏奈大幅後退。
她的背部撞到牆壁。
若宮追著她大步往前踏。
杏奈的雙眼隱含想子的光輝。
「減速領域」。
若宮的身軀以踏步向前的姿勢僵住。
他的全身立刻放出想子光。
「術式解體」。
若宮大概也預先提防吧。這次他取回自由所花的時間只有一秒左右。
然而，杏奈也同樣預測到下一步。
她舉起來的右手握著袖珍手槍。
杏奈後退到牆邊的時候已經拔槍完畢。
槍口瞄準若宮的腹部。而且是中央。
脫離「減速領域」影響的若宮，朝雙腿注入渾身的力氣要往旁邊跳。
（來不及！）
不過杏奈按下食指的速度，比他雙腿蹬地的速度快——

除了杏奈腳邊些許空間都被黑暗覆蓋的走廊響起槍聲。

若宮按住腹部，雙腿脫力跪下。

杏奈以下段踢的架式，一腳踢向跪倒的若宮腦袋。

若宮的身軀被踢飛橫躺在地。

他的意識完全被剝奪。

◇◇◇

有希以同一座階梯返回樓頂。

回收剛才放在防墜柵欄下方的背包，再度從裡面取出繩索，牢牢綁在多中少校所逃入房間正上方的鐵欄。

有希從鐵欄探出上半身，目測樓頂到窗戶的距離，配合距離綁出繩結。

然後握住繩結的上緣，踩著鐵欄跳向夜空。

她的身體以綁著繩索的鐵欄為支點進行鐘擺運動。

窗戶已經因為妙子的狙擊而破碎。

如果只開一槍，防盜玻璃應該只會整面產生細長的裂痕，無法打出能讓人通過的洞。現在窗戶玻璃變得粉碎是第二槍造成的。
有希讓妙子冒險開第二槍，就是基於這個原因。
這麼做當然也是為了將多中趕出房間。不過失敗的話就要從窗戶跳進房間下手，有希預先將這一步納入計畫。
預藏的這步棋如今發揮成效。
有希在夜空畫出弧線，跳到多中的「面前」。

◇◇◇

確認完全剝奪若宮的戰鬥能力之後，杏奈輕敲多中藏身的房門。
「長官，歹徒已經制服，您可以出來了。」
杏奈自認音量足以傳到室內各處。
但是裡面沒回應。
杏奈原本就反對多中走出房間。
房間的窗戶面對基地。隔著基地的另一側大樓，距離這裡約八百公尺。
這距離要狙擊的話有點遠。

而且基地就在前方，要是響起槍聲，警備兵會比警察先趕到。

這些條件在軟禁第一天就確認完畢。所以她確信剛才的槍擊只是威脅。狙擊手沒開第三槍也補強她的推測。

然而在這個時候，她陷入不祥的預感。

「長官？可以請您開鎖嗎？」

沒有回應。杏奈聽到的不是多中的聲音，是槍聲。

「長官？」

她咚咚地用力敲門。

即使試著將耳朵貼在門上，也完全聽不到房內的聲音。

杏奈將右手依然握著的袖珍手槍瞄準鑰匙孔，扣下扳機。

這個房間可以用來囚禁持有槍枝的人。門鎖堅固到無法以槍擊破壞，不過這是指無法從室內操作的電子鎖。用來讓囚犯心安（覺得隱私得到保護而心安）的圓筒鎖只有普通的強度。

杏奈沒遭受流彈的波及，成功破壞門鎖。

她猛然開門。

「長官？」

映入眼簾的光景，使得杏奈愣在原地。

◇◇◇

有希跳進室內時，多中剛好面向窗戶，這單純是偶然。

他想起自己將手槍放在桌上，正要去拿。

手碰到握柄的時候，某個物體從窗外竄入。多中認出這是人影之前就以槍口瞄準扣下扳機。

快到出乎意料的反應，使得有希嚇出一身冷汗。

不過對方終究是陷入恐慌而反射性地開槍，速度沒有伴隨準確度。有希無須閃躲，子彈就從距離她一公尺以上的左側通過。

有希俐落避開家具翻滾一圈，控制著地的力道之後起身。

多中就這麼架著手槍，手卻抖到無法瞄準。

有希無視於手槍往前踏。

多中的手指還來不及扣下扳機，有希的刀就貫穿他的喉嚨。

有希讓插著刀子的多中滾倒在地，拉著綁在刀柄尾部的細繩回收刀子。

「Nuts to you！」

告知自己工作結束的招牌台詞，和劇烈的敲門聲重疊。

『長官？』

走廊傳來拚命大喊的聲音。

有希毫不猶豫跑向窗戶。

跳向微微晃動的繩索，憑著「身體強化」的力量爬到樓頂。

她的手抓到鐵欄時，樓頂還沒有任何人。從停電開始到現在只經過二十分鐘左右。即使考慮誤差，這個狀態肯定還會維持三十分鐘以上。

有希決定按照預定計畫，沿著入侵路線反向逃離。

回收繩索，揹起背包。

逃走路線上的相鄰大樓，在面對基地這邊的另一側。

（好，走吧。）

就在她準備起跑的這時候——

她強化過的聽力捕捉到衝上階梯，已經進逼到不遠處的腳步聲。

「嘖！」

有希中斷助跑。

即使就這麼跳躍，大概也可以比追蹤者先走吧。以門擋維持開啟狀態的門已經在剛才關上。從時間點來計算，發出腳步聲衝上樓的人打開樓頂門扉時，有希已經站在相鄰大樓的樓頂。

但是對方肯定帶著槍。

不能無視於背後遭到彈雨襲擊的可能性。

樓頂的門隨著粗暴的噪音開啟。

正如預料，從門後出現的是仲間杏奈。

◇◇◇

看見倒地的多中，杏奈只在一瞬間佇立不動。她不是跑向多中，而是跑向走廊尾端通往樓頂的階梯。

（不可原諒。）

多中死了。無須檢查脈搏，只要看一眼就知道。

（竟敢將長官……）

與其哀悼（她自己認定的）恩人，杏奈選擇報仇。

（休想逃走。）

窗外隱約但確實看得見大幅搖晃的繩索。

不是被風吹動的搖動方式。某人正抓著繩索攀登外牆。肯定沒錯。

只要順利趕上，就可以射殺正要翻越防墜圍欄的暗殺者。即使沒能趕上，也一定要以「長官」賜予的「減速」能力報仇。

杏奈在內心堅定發誓，專注衝上階梯。

在最後一階縱身一躍，一鼓作氣抓住通往樓頂的門扉握把。

杏奈用力轉動門把，以衝撞的力道推開門。

門沒鎖。

杏奈的身體飛撲到夜空下。她轉身面向暗殺者應該會爬上來的繩索方向。

（有了！）

嬌小的人影站在鐵欄內側。

（趕上了……！）

可惜沒趕上絕佳的射殺時機。

但是避免了仇人逃走的最壞結果。

樓頂出入口距離鐵欄約十五公尺。嬌小暗殺者站立的位置大概是十二到十三公尺遠。

杏奈的「減速領域」射程距離是十公尺。只要靠近兩三步就能阻止仇人的動作。

她稍微彎曲膝蓋擺出衝刺姿勢。只要以「減速領域」捕捉到對方就等於復仇成功。她打算一口氣做個了斷。

不過，嬌小的人影如同要搶得先機般朝她射出刀子。

雖然對方出其不意，但是杏奈沒有疏於警戒。

刀子和她的視線相交，在空中靜止五秒後掉落在樓頂。

「射程距離十公尺，持續時間五秒是吧。」

暗殺者像是說給她聽般呢喃。

（被測量了？）

杏奈無法阻止內心的驚慌寫在臉上。

◇◇◇

有希刻意在原地不動，觀察出現在樓頂的杏奈。

（看來還沒使用那招「減速領域」。）

她將手悄悄移到背後拔刀，確認自己的動作沒被阻礙。

杏奈稍微彎曲雙腿壓低身體。

有希立刻理解到這是往前衝的預備動作。

（打算拉近間距吧。也就是這個距離在魔法射程之外嗎？）

若宮事先提供關於杏奈魔法的情報，卻不知道「減速領域」能發動多遠，不知道正確間距。

現在有希與杏奈的距離是十二公尺半。只要知道對方魔法「減速領域」的準確射程距離，勝算就會大幅提高。

杏奈雙腿施力。

有希在先發制人的時間點射出刀子。

在重心移向前方準備衝刺的狀態，無法往兩側閃躲。杏奈現在的姿勢也不可能趴下或是撥掉刀子。

為了保護身體不被刀子射中，只能以魔法接刀——

正如有希的要求，刀子在半空中停止。

靜止的位置距離有希兩公尺半。換句話說距離杏奈十公尺。

靜止的時間是五秒整。

「射程距離十公尺，持續時間五秒是吧。」

試著以對方聽得到的音量說出目測的結果。

杏奈臉上明顯浮現驚慌神情。

（猜中了嗎？）

即使想法正中紅心，有希的意識也充滿不悅。

這麼輕易就被看出底牌，不配稱為行家。

對方擁有的技能或許優於有希，活用技能的綜合戰鬥技術卻尚未成熟。並不是只要握著強力的武器就能變強。

（哈娜也好，這傢伙也罷……外行人不該來到專家的職場！）

有希的煩躁達到最高潮。

異能之力以前所未有的水準充滿她的全身。

有希的身體從杏奈的視野消失。

她以杏奈肉眼追不上的速度跳向旁邊。

杏奈露出狼狽模樣，轉頭看向兩側。

「呃！」

她發出驚愕的聲音。

有希從杏奈左側迅速接近——而且是五名有希。

在忍術裡有製造分身的技術。「分身術」是「忍術使」以幻術製造自身虛像的古式魔法之一。

然而現在這個不是幻術。因有希無法使用魔法，這不可能是古式魔法的「分身術」。

她現在展現的是打破忍術常識，以殘像形成的「分身」。異能「身體強化」產生的超高速，在這一瞬間實現了沒有任何先人完成的「匹敵魔法的體術」。

杏奈的「減速領域」作用於視認的物體。但並非「對於所有看得見的物體產生作用」的意思。現代魔法是「將指定事象干涉對象的情報設為變數，輸入魔法演算領域以建構魔法式」，杏奈的「減速領域」也遵循這套系統，絕不是「只要看見」就能設定為魔法對象。

她接受的強化措施，是將意識透過視覺聚焦，將目標物體的影像「自動」設為變數輸入魔法演算領域。

所以她維持循環演算的時候，必須將視認的物體停止才能完成魔法。即使映入視野，只要無法認知為「真實存在的物體」，她的「減速領域」就不會產生作用。

以現在的狀況來說，「單一人物（也就是有希）不可能增加到五人」的這個常識，妨礙她將分身認知為「真實存在的物體」，也無法將「可能混入其中」的實體停止。

只不過——她看見的五名有希都是虛像。

杏奈沒發動魔法，就這麼舉槍朝向進逼的分身之一。

下一瞬間，她的膝窩遭受強烈的衝擊，一隻手從背後抓住她的衣領強迫她跪下。

抓住衣領的手移動到頭部，頭髮被緊緊抓住，杏奈變得無法轉身。

喉頭產生冰冷鋼鐵的觸感。

她立刻領悟到是一把刀子平壓在她的喉嚨。

冰冷的觸感變成鋒利的刺激，她沒有特別的理由就體認到喉頭被劃破一層皮。

「多中已經死了。」

杏奈也早就猜到暗殺者是嬌小的女性。但是從後腦杓不遠處傳來的聲音比她預料的還年輕。

「妳是那傢伙的護衛吧？既然護衛對象死亡，妳肯定已經沒有戰鬥的理由。那妳為什麼要追殺我？認為自己不可能輸嗎？」

聽到有希的問題，杏奈想要搖頭。

但因為頭髮被抓住，她落得只能疼痛哀號。

「……跟這種事無關！長官……多中少校是我的恩人。恩人被殺，我怎可坐視！」

「因為是恩人，所以要報仇？」

「沒錯！有恩必還，有仇必報！暗殺者，我不會原諒妳！」

有希嘆了長長的一口氣。

她動了動握刀的右手。

「嗚……」

杏奈發出聲音表示痛楚，她的喉嚨流下一絲鮮血。

「不原諒的話，妳要怎麼做？」

「…………」

「撂狠話的時候先仔細想想狀況好嗎？」

「咕……殺了我！沒能為恩人報仇，我可不打算苟活！」

「唉……」

有希嘆出比剛才更長更深的一口氣。

「想壯烈成仁？妳是哪裡的女騎士嗎？哈娜也好，妳也罷，為什麼都想糟蹋生命？」

「哈娜？妳認識哈娜？」

杏奈的語氣突然變了。宛如換了一個人的這個變化，使得有希也不禁困惑，但她制住杏奈的手依然沒放鬆。

有希不知道杏奈內心受到操控，甚至無法推測「哈娜」這個名字撼動了這層操控。不過她明顯感覺到風向變了。

「哈娜死了，她被缺德的教祖利用。」

「這樣啊……」

「她一直掛念著妳喔，甚至在臨死的時候說出妳的名字。」

在這股氣氛之中，有希也終究不太敢說出真相。

「……她一直在恨我吧？因為我就像是搶走她原本會得到的東西。」

然而不必有希說明，杏奈也得出不便透露的真相。

杏奈握著手槍的右手突然動了。

有希朝刀子使力，試著要她打消反擊的念頭。

然而這是白費工夫。

杏奈並不是企圖反擊有希。

她手上袖珍手槍的槍口，按在她自己胸部的正中央。

夜空響起槍聲。

射穿自己心臟的杏奈，連遺言都沒留就虛脫無力倒在樓頂。

「這個傻瓜……」

有希手上，只留下幾根杏奈的頭髮。

〔9〕

令人事後極度不是滋味的這個結果，使得有希強忍湧上喉嚨的嘔吐感，回到當成中繼基地的出租攝影棚。

在那裡等她的是鱷塚。

鑽出追兵監視網的妙子。

不知為何腹部包著繃帶躺下的若宮。

以及同樣不知為何扮成美少女的文彌。

「有希，辛苦了。看來順利完成任務了。」

文彌以符合外貌的聲音與語氣慰勞，有希以所謂的「白眼」注視他。

「闇。你不是很忙嗎？」

聽到有希這麼問，闇——文彌露出如花似玉的笑容。

「棘手的工作終於在昨天完成，所以我來看看狀況。」

「特地跑這一趟真是辛苦您了。」

即使有希的語氣好不到哪裡去，闇的笑容也絲毫不受影響——習以為常了。

挖苦以失敗收場，有希將注意力朝向另一件在意的事。

「你又中槍了？」

有希看著把長椅當床躺的若宮詢問。

從他包著全新繃帶的模樣來看，只能夠知道他「腹部剛受傷」。猜他中槍就只是出自有希的直覺而已。

「嗯。」

不過這聲肯定的回應，證明她的推測正確。

回答的是文彌，有希將視線移回他身上。

「我回來了依然躺著，看來傷得很重。是闇救他出來的？」

「不過實際扛他的是部下。」

「啊啊，那些黑衣人啊。既然這樣，潛入的人數應該很多吧？保護過度的那些傢伙，護衛你的時候不可能掉以輕心。」

「保護過度……哎，說得也是。」

文彌苦笑點點頭。

即使這樣笑，「闇」依然是無可挑剔的美少女。

話是這麼說，但有希也不會對「她」看到著迷。
「……既然這樣，由你的部下解決比較快吧？」
光靠黑羽家也能暗殺多中吧？有希的這番指摘，使得文彌換成另一種笑容搖搖頭。
「直到昨天真的很忙。就算現在有空，也不會收回已經發包的工作。」
「確實，要是你這麼做，這邊會嚥不下這口氣。」
有希板著臉，以不情不願的態度表示接受。
有希的詢問告一段落時，文彌收起笑容變得嚴肅。
「話說有希，妳看起來氣色不好。」
不只文彌，鱷塚與妙子也擔心地看向有希。
「……沒事。」
「發生了什麼事？」
「我說沒事聽不懂嗎！」
只有妙子被有希的音量嚇到。
「……抱歉我喊得太大聲了。」
表情被內疚填滿的有希開口謝罪。
「不，我不在意。」

文彌一臉若無其事接受有希的謝罪，整個身體轉向鱷塚。

「鱷塚先生，若宮先生可以暫時由我接管嗎？」

鱷塚面露困惑的時間只有短短一秒左右。

「——地點就在認識的醫院可以嗎？」

「好的，交給你決定。」

「遵命，闇大人。」

鱷塚恭敬行禮，「闇」以嬌憐的笑容點頭回應，離開攝影棚。

◇◇◇

完全看不見「闇」的身影之後，一直保持沉默的若宮開口了。

「剛才的小姑娘，難道是『不可侵犯之禁忌』的族人？」

「小姑娘……」

有希的反應很奇妙，像是在忍笑，也像是不知道該選擇什麼表情。

「……抱歉。我這麼說很失禮嗎？」

有希的這個反應，若宮誤解為她因為主人被瞧不起而壞了心情。

「不，並不是這樣。」

有希只這麼回答，沒有繼續說明解除誤會。

「那傢伙是『黑羽』。我們實質上的雇主。」

若宮的反應極為強烈。

「黑羽？是那個『黑羽』嗎？」

「你早就知道了？」

「……嗯，我第一次實際見到。」

「我想也是，傳聞他們是『一旦看見必死無疑』的一群傢伙，但這也未必是誇大其詞就是了。」

「這樣嗎……」

「是啊，你也要做好覺悟喔，即使說成『必死無疑』太誇張，卻也無法逃離他們的手掌心。我們亞貿社對於這件事已經體認到不想再體認了。」

「…………」

看見若宮啞口無言，有希冒出小小的惡作劇心態。

「歡迎你Ripper。這裡是無法逃離，唯有死亡得以安息的血汗職場，歡迎你的加入，我們就一起下地獄吧。」

有希不甚高明地送出秋波，若宮維持橫躺姿勢，高明地做出垂頭喪氣的動作。

［完］

Nut&Ripper「團隊組成指令」

【1】

二〇九六年十一月十日夜晚。

有希被文彌叫來東京都內某處的飯店。

她沒問用意。昨天設定為「火速開啟」寄來的郵件，只指定報到的場所與時間。

這種事不是第一次。不打電話而是單方面寄電子郵件下達指示，是「不接受詢問」的意思。有希在這兩年的來往理解到這一點。

有希原本就無權拒絕。她在指定時間的三分鐘前抵達該飯店的門廳。

鱷塚沒一起來。有希找過他，但他婉拒說黑羽家有吩咐其他的事情給他。

雖然不是代替，但奈穗在有希身旁。

不是陪同，奈穗也和有希一起被叫來。

門房人員像是等待兩人已久般接近過來，有希以外人察覺不到的動作暗自提防，門房人員的舉止毫無破綻到令她這麼做。

「是榛大人與櫻崎大人吧？」

對方在形式上確認身分，有希回應「嗯嗯」冷淡點頭。奈穗則輕聲回答「是的」鞠躬致意。

「黑川大人在等待兩位。我來帶路，這邊請。」

「黑川？」

門房人員這句話使得有希發出疑惑的聲音（她疑惑的是文彌不在這裡）。

「麻煩您了。」

奈穗像要幫忙掩飾般如此回應，以眼神催促有希。

兩人跟在門房人員身後搭乘電梯。

門房人員不是按下要前往的樓層按鍵，而是從胸前口袋取出卡式鑰匙刷卡。電梯門關上，電梯開始上昇。

「黑川是？」

有希輕聲詢問奈穗。

「黑川先生是文彌大人的親信，應該可以說是左右手。」

奈穗也輕聲回答。

雖然是講悄悄話，不過這裡是安靜的密室。門房人員肯定有聽到，但他沒轉身，看起來也沒將注意力朝向這裡。

控制面板的按鍵最高到十二樓。

不過顯示樓層的數位儀表板數字停在「十三」。

門房人員按住電梯門促請有希與穗奈出去。

他帶兩人來到走出梯廳旁邊的門。

「屬下帶榛大人與櫻崎大人過來了。」

門房人員向對講機說。

「讓她們進來。」

另一頭立刻傳來回應。

發出解鎖的細微聲音。

門房人員將門把往下轉，拉開房門。

「請進。」

他就這麼按著門，對有希等人這麼說。

◇◇◇

「什麼嘛，你明明在啊。」

看到文彌在房間深處等待，有希以掃興的語氣抱怨。

文彌只是淺淺一笑，無視於她的抗議。

有希也不計較文彌假裝不在，將注意力朝向他身旁待命的人物。

文彌坐在單人沙發，他旁邊站著一名三十歲左右，給人印象不深的男性。雖然長得英俊無誤，臉孔卻沒有明顯的特徵。身高體型也是中等，道別之後要回想起這個人物大概會很辛苦。

「你是黑川先生？……我們在哪裡見過面吧？」

就像現在，有希甚至記不得幾時見過他，說起來也不確定是否真的見過他。

對於有希的詢問，黑川只有露出暗藏玄機的笑。

有希也放棄主動追問。原本就沒有好奇到非得問清楚。

「……所以？又是工作的指令嗎？」

比起這件事，有希決定先確認緊急叫她過來的理由。有希與文彌是部下與主人的關係。

她個人覺得形容為「家犬與飼主」可能比較貼切。成為文彌部下的時候，有希沒有選擇權。因為她只不過是戰敗倒在路邊的時候被文彌撿走。

實際的原委更複雜一點，不過這對有希來說也一點都不重要。現在的她只是依照文彌的命令獵殺目標的獵犬。

「是工作上的事。不過，今天不是暗殺的委託。」

文彌使用「委託」這個詞，使得有希嘲諷般揚起嘴角。

「不然是什麼『委託』？」

有希的挖苦對文彌行不通。

「可以等一下嗎？後續我想等全員到齊再說。」

在這個場合，反倒是被輕描淡寫帶過的有希畏縮了一下。

◇◇◇

「什麼嘛，Croco，你也被文彌叫來？既然這樣早說不就好了？」

還沒來的「其中一人」是鱷塚。

「要是說出來，妳也會問我接到什麼指示吧？」

「就算知道這傢伙會來，我也不會拒絕過來報到喔。」

有希一邊這麼說，一邊看向「最後一人」。

鱷塚帶來的「另一人」，是在先前的「工作」互搶目標的自由殺手「Ripper」——若宮刃鐵。

對於有希來說，這個人一度差點要了她的命，不過這在她的工作很常見，從一開始就沒有心結。

「喲，傷已經好了嗎？」

有希親切對若宮說。上次的目標是國防陸軍多中少校，對於若宮來說是自身的仇人。若宮襲擊該目標的時候腹部兩度中槍，進入和亞貿社掛鉤的醫院接受治療。

「嗯，託妳的福。」

第二槍傷得尤其嚴重，而且至今只經過兩週，不過只看動作的話沒有刻意保護傷口，他說已經痊癒應該不是逞強，有希也屢次受惠於現代醫學的進步。

「這樣啊，太好了。」

「是啊。」

若宮之所以苦笑，是因為中槍這件事本身絕對不該以「太好了」三個字帶過。

不過腹部中兩槍卻能在兩週左右回復到能夠自由行走，果然得承認運氣很好，若宮也理解這一點，當時的狀況正常來想，來不及急救而喪命的可能性比較高。

「那麼……」

文彌打斷兩人的閒聊。

「麻煩之後再加深交情，我先告知要做什麼吧。」

文彌不只對有希與若宮這麼說，也看向奈穗與鱷塚。

「總之先坐……奈穗，妳也一樣。」

在文彌催促之下，猶豫的奈穗也坐下。

「我要你們組成一個團隊。」

文彌突然宣布正題。

沒問四人的意願，而是當成既定事項，真的是「告知」。

「……方便請教理由嗎？」

若宮率先反應。

「我也想問，事情為什麼變成這樣？」

有希也詢問文彌理由。

「不滿意嗎？」

即使文彌如此反問，有希也沒畏縮。

「我不懷疑這傢伙——Ripper的實力。依照案件所需和他聯手，別說不滿，我這邊還很歡迎。」

對於曾經和她打得平分秋色的若宮，有希先是以她的方式表示敬意。

「但是如果要組隊或組團就另當別論。我和Croco搭檔得很順利，奈穗也終於融入了。現狀我不覺得戰力不夠，明明維持現在這樣也能順利運作，為什麼要刻意補強戰力？」

有希向文彌說明她這麼問的意圖。

文彌點頭聆聽她這番話。

「因為我判斷必須補強，這樣妳無法接受嗎？」

聽完之後，文彌進一步在語氣加上威嚴詢問。

「我會遵從命令。」

有希受到震懾，依然確實看著文彌的雙眼回應。

「不過，請說明理由。還是說有什麼不能告訴我們的隱情？」

而且進一步明確要求說明。

「沒有什麼隱情喔。」

這次是文彌苦笑讓步。

「理由正是妳剛才說的『戰力』。」

有希疑惑蹙眉。

「……換句話說，我們現在無法應付的工作，今後必須由我們進行嗎？」

鱷塚補足有希聽不懂的部分。

「我不認為你們維持現狀無法應付。」

文彌的回答是以部分否定的形式表示肯定，換句話說是想派我做一些和以往性質不同的工作吧，有希如此解釋。

「不過，如果對手是魔法師或異能者，某些場合光靠有希的『身體強化』難免陷入苦戰。我以往都考慮到對手的水準，委託一些不會太勉強你們的工作，不過今後可不能這樣了，上次就真的是很缺人手。我們對付至今的對手，接下來我打算交給你們處理。」

雖然有希他們不知道，不過包括文彌的黑羽家在這一個多月，不，幾乎是這兩個月，都在對付無國籍華僑的古式魔法師「周公瑾」。他說「人手不足」絕不誇張。

「對手是魔法師或異能者嗎？安排我加入團隊，是因為我會使用『術式解體』？」

至今保持沉默聆聽的若宮，在這時候加入對話。

「是這樣沒錯，但不只是這樣。若宮，你應該也在這次事件體認到單打獨鬥的極限吧？為了活用你的專長，需要有人在前鋒和你搭檔。」

雖然和正題沒有直接關係，不過聽到文彌直接以姓氏稱呼若宮，有希心想：「啊，這傢伙果然也落入掌控了嗎……」

「換句話說，Ripper加入團隊是對付魔法師的策略？」

鱷塚總括文彌的說明。

「沒錯，是對付『高階』魔法師的策略。」

文彌稍微修正鱷塚的話語之後點頭。

「……知道了，既然是這麼回事，我也認為需要補強。」

「我也理解了。」

然後有希與若宮也表態接受。

「那麼，接下來是個別指示。啊，鱷塚的任務沒有變更，你想回去可以先走喔。」

「不，可以的話，我想聽您說明到最後。」

「是嗎？我沒差就是了。」

文彌以這種隨和的說法准許鱷塚同席。

（話說這傢伙……和「闇」的時候相比，連個性都判若兩人。）

有希暗自思考這種事，不過當然沒有說出口或寫在臉上。

只不過，即使不小心說溜嘴，文彌應該也不會在意吧。文彌本人大概也希望「假扮成

『闇』的自己不是原本的自己」。

「奈穗，首先是妳。」

「是！」

奈穗回應的聲音緊張得不得了。

「我要妳學會狙擊。」

「——是。」

奈穗的語氣透露些許消沉的氣息，因為她認為文彌對她的魔法師實力感到絕望，才會進行這樣的指示。

「請別誤會，妳的真正價值始終在於特殊的魔法技能，所以這方面也不可以疏於鑽研喔。」

「是。請問……？」

不過文彌立刻否定說是她誤會了，使得奈穗混亂。

「有希與若宮都是近戰的類型。以團隊組成來說，需要狙擊手。能處理妳的魔法範圍覆蓋不到的死角，也能處理遠距離目標的狙擊手。不過，不一定每次都順心如意能夠找到上次『Anny』那樣的幫手，所以我希望妳也兼任這個角色。」

「好的，屬下樂於接下這項職責！」

奈穗頓時改為充滿幹勁的表情點點頭。

「很好的回應。我會幫妳準備教官，趕快從明天接受訓練吧，地點已經傳到妳的終端裝置。」

奈穗連忙從包包取出情報終端裝置。

「……是，確認收到了。」

「ＯＫ。再來是若宮。」

文彌看向若宮。

若宮默默承受這雙視線。

「你的課題是將『術式解體』更上層樓。」

「具體來說？」

「第一是要延長射程距離。你現在的射程距離不到十公尺吧？」

「……八公尺。不過『術式解體』的射程距離短是構造上的缺點，即使想繼續拉長射程，也只會導致威力下降吧？」

「你在軍方設施是這麼聽說的吧？」

「……嗯。」

「不過我知道的『術式解體』射程距離是三十公尺喔。」

「…………」
「哎，因為達也哥哥是特例啦。」
若宮啞口無言，一旁的有希心想「果然如此」。有希不是魔法師，對於這個射程距離是多麼驚人的數字，她完全沒有頭緒，卻隱約認為「既然是那個人，想必是超乎常理吧」。
「我不會要求你的『術式解體』達到同等性能，不過希望達到一半。」
「十五公尺……將近現在的兩倍嗎？」
若宮皺眉問。
「期限呢？」
「我不會突然要求十五公尺。希望你先在一個月內延伸到十公尺。」
「一個月……知道了。」
「很好的回應。但是不只這樣喔。」
「這麼說來，你剛才是說『第一』，所以有第二跟第三嗎？」
「不，只剩下一個要求。」
文彌的回答，反而令若宮提高警覺。
「……我該怎麼做？」
「若宮，你知道『術式解體』除了讓魔法失效，還有別的用途嗎？」

「……？『術式解體』不是用來讓對方魔法失效的對抗魔法嗎？」

「確實是這樣。不過『術式解體』在肉搏戰還有另一個非常有效的用途。」

「別賣關子，快告訴我們啦。」

有希以焦急語氣插嘴。

文彌原本就沒有什麼「賣關子」的意圖。

「不只是『術式解體』，人體承受高壓想子流的時候，運動神經會暫時麻痺。嚴格來說，和肉體重疊的想子體，在承受高壓想子流的時候誤以為受到傷害，為了避免傷害影響到精神，會將肉體與精神的連結切斷，反應在肉體就是運動神經麻痺。」

「換句話說，被『術式解體』這種東西打中，就無法好好行動？」

對於有希的詢問，文彌輕輕搖了搖頭。

「光是正常使用『術式解體』無法干涉肉體。必須以龐大到吞噬全身的想子流捲向對方，或是以壓縮的想子塊打在肉體與想子體相互作用特別強烈的『要害』。具體來說是心臟或丹田等處。」

「……吞噬對方全身的『術式解體』，我辦不到。不，說起來有魔法師能夠做得到這種事嗎？」

「達也哥哥做得到。」

若宮口中發出「怪物嗎……」這句呢喃。

隱藏在聲音裡的不是嘲笑或輕蔑，是畏懼，所以文彌原諒若宮的粗暴發言。

「那麼，確定方向性了。我要你學會將壓縮想子正確打在『要害』的技術。我想想……這也要在一個月內學會。」

「……麻煩安排指導者。」

「當然沒問題，這兩天跟你連絡。」

若宮微微低頭。文彌輕輕點頭回應，轉頭看向有希。

「最後是有希。」

「我要怎麼做？」

「我要妳在這位黑川底下重新修行忍術。」

「……我不會使用魔法喔。」

文彌的親信當然是魔法師吧。有希這句話是出自這個想法，而且她的推測正確。

「不必擔心。」

但是文彌甚至沒露出笑容，冷淡駁回有希的擔憂。

「黑川要讓妳學習的是不屬於魔法的忍術。」

「那傢伙也是魔法師吧？」

有希以視線指向黑川，詢問文彌。

「沒錯，他是優秀的魔法師，也是甲賀流的達人。」

「甲賀的？真的假的？」

「真的，不然妳可以試試看。」

文彌的挑釁使得有希靜靜瞇細雙眼，以半秒鐘發動「身體強化」。

有希抽出暗藏的小刀，一個箭步襲擊黑川。

沒有光澤的陶瓷刀刃貫穿黑川的腹部……看似如此。

然而在下一瞬間，有希的刀子連同她的手臂被黑川穿的外套纏住。

──剛才攻擊的位置只有外套。

「……沒想到居然真的想殺我。」

有希錯愕睜大雙眼。

她襲擊的時候，黑川位於文彌的右側。

但是現在，以傻眼語氣抱怨的男性，位於文彌的左側。

不是長得一模一樣的替身，無疑是有希剛才攻擊的黑川本人。

「也出乎我的預料喔。如果不是你，應該已經沒命了。」

「怎麼講得事不關己？是少主您教唆的吧？」

「因為我相信如果是你就不會死啊。」
「少主的信賴這麼沉重，我都快哭出來了。希望這不是『如果是我就乾脆死一死』的口誤。」
「怎麼可能是這種口誤呢？」
假惺惺的主從相聲告一段落。
「……這是在做什麼？」
此時有希終於回復氣力這麼問。
黑川看向文彌。文彌嫌煩般點頭，將說明的工作扔給黑川。
「叫妳『Nut』可以吧？」
黑川如此詢問有希，當成回答的開場白。
「嗯，就這麼叫吧。」
有希一點都不在乎般點點頭。
「關於術法的種類，Nut知道多少？我說的不是魔法，是忍術。」
「只有名稱的話都知道，我在公司的研修學過。」
「那麼關於『空蟬』呢？」
「故意穿顯眼的衣服，讓對方的注意力集中在衣服，再將衣服迅速穿在預先準備的假人身上，藉以誘導敵人攻擊的手法對吧？這招與其說是體術更像是魔術，聽說在實戰上很難成功。」

有希說到這裡猛然睜大雙眼。

「難道剛才那是『空蟬』……？」

「在實戰無法成功的招式，不可能留名數百年吧？」

黑川以這句挖苦般的話語回答有希的疑問。

「別人實際使用過的『空蟬』，我一直以為真面目是幻術……」

「這也沒錯，古式魔法的忍術中也有稱為『空蟬』的術法。不過就我來說，那招不太實用。」

「比起魔法的『空蟬』，魔術……不，體術的『空蟬』比較適合實戰？」

黑川以看著不成材學生的眼神看向有希。

「Nut，妳認為『空蟬』是在什麼狀況使用的術法？」

「狀況……？」

從沒想過的這個問題，使得有希露出困惑表情。

這個反應對於黑川來說似乎不及格。

「得從這裡開始嗎……」

他輕聲抱怨。

「不只是忍術，任何技術都有長處與短處。某些狀況可以活用長處，某些狀況會暴露短處。到這裡聽得懂吧？」

有希沒什麼自信地點頭。

「那麼『空蟬』的長處與短處是什麼？」

黑川乘勝追擊般繼續詢問。

「就算你突然這麼問……」

有希一臉不知所措，視線游移不定。這副模樣就像是孩童，和有希的外表莫名相配。

黑川不再抱怨。

「不必編什麼理論，說說妳自己的感覺。」

「我的感覺……」

有希像是要窺視自身內側般閉上雙眼。

「長處是……在閃躲敵方攻擊的同時，可乘著敵方的『虛』，打造出反擊用的破綻。」

有希就這麼閉著眼睛，回答黑川給的課題。

「正確答案。那麼，短處呢？」

「效果只能維持短暫時間……不對，不是這個。」

一度得出的答案，有希主動收回。

她閉著眼睛所以不知道，不過黑川在她面前滿意點頭。

「只能用在奇襲……嗎？面對預先提防『空蟬』的對手就無法乘虛而入，只會成為迅速的迴避招式。」

「大致算是過關吧。」

黑川給出及格分數。

有希不經意露出鬆一口氣的表情睜開雙眼。

「『空蟬』是在瞬間的攻防才會發揮真正價值的術法。內心確信已經打倒敵人時，才會產生有機可乘的『虛』，就像剛才的妳那樣。反過來說，對於預先提防幻術的對手就沒什麼效果。」

「意思是魔法的『空蟬』會因為發動術法的準備動作引起敵方警戒嗎？」

「不只是對方知道『空蟬』這張底牌的狀況。攻擊正要發動某種術法的敵人時，不能只是確認攻擊是否命中，直到確認真正打倒敵人之前都不能掉以輕心，這就是所謂的『殘心』。」

「確實……」

「所以依照我個人的論點，『空蟬』必須能在一瞬間判斷是否使用，否則不算是真正的爐火純青。如果準備時間超過半秒，就真的只是令對方佩服的魔術。除了出自極少數的達人之手，不然古式魔法『空蟬』都只是一種娛樂表演。」

「能在瞬間完成幻術的魔法師屈指可數是吧。」

有希露出佩服的表情點頭。

旁聽兩人交談的文彌以愉快的聲音開口。

「對了！黑川，有希修行的第一個課題，要不要就讓她學會『空蟬』？」

「少主，這是好主意。」

黑川也愉快地揚起兩邊嘴角。

「那麼Nut，這是少主的命令。要讓妳在一個月內學會『空蟬』。」

有希以怨恨的眼神看向文彌。

「……反正我沒有拒絕的權利吧？」

文彌維持笑容點頭。

要在短短一個月內學會一種「術法」，而且是剛才在面前展現的高階「忍術」。很清楚這個要求多麼強人所難的有希不禁垂頭喪氣。

〔2〕

隔天的十一月十一日，星期日。

有希與奈穗一大早就出門，前往不同的目的地。

有希搭「電車」往西，奈穗先前往機場。奈穗將在那裡和文彌雇用的射擊教官會合。

（槍啊……我做得到嗎？）

奈穗當時充滿幹勁回應文彌，不過一回到有希的公寓，她內心就充滿不安。

老實說，奈穗在槍枝這方面並非完全外行。

在四葉家的訓練設施被培育為戰鬥魔法師時，也上過全套的槍枝入門課程。

而且說來遺憾，奈穗沒什麼素質。槍枝的基本使用方式，她和其他孩子學得一樣快，不過教官早早就說「妳沒天分，去練習別的武器吧」將她放棄。

（但我吊車尾的不只是槍。）

奈穗自覺差點沉入負面思考的泥沼，用力搖了搖頭。

（時間差不多了吧……教官有來嗎？應該會主動對我搭話才對。）

就在奈穗如此思考的這個時候……

「奈穗。」

被叫到名字的奈穗轉過身來。

「姉川小姐……」

向奈穗搭話的是「Amny」姉川妙子。

（擔任教官的是姉川小姐啊……）

雖然感到意外，卻不太驚訝。

或許奈穗在潛意識的部分已經猜到這個進展。

「剛才那麼用力搖頭，怎麼了嗎？雙馬尾很像波浪鼓喔。」

妙子如同開玩笑般朝她一笑。不，或許不是「如同」，真的是用來緩和氣氛的玩笑話。

「波浪鼓？」

如果是玩笑話，那麼很遺憾地不了了之。

「妳不知道？是一種用來哄嬰兒的玩具。」

「不知道。」

奈穗聽不懂「波浪鼓」是什麼。

「是一種小小的鼓，兩側以細繩掛著鼓錘……不，算了。」

妙子在中途停止說明，是覺得「解說對方聽不懂的玩笑話只會冷場」……總之，這算是妥當的判斷。

「？」

不過奈穗露出詫異的表情。

「那麼，我們走吧。」

妙子出示兩張機票，帶頭踏出腳步。

「啊，好的。」

奈穗立刻跟在她的身後。

奈穗還以為要直接上飛機。不過妙子前往的地方是機場內的服裝店。

「那個……姊川小姐？」

「不用擔心錢的問題，因為我拿到很多預算。」

「我有帶換洗衣物啊？」

黑羽那邊說過訓練要穿的衣服會由他們準備，不過考慮到訓練期間不會只有一週，奈穗在行李箱多塞了一些換洗衣物。由於重視件數所以缺乏種類，不過這趟不是去玩的，所以奈穗認為這樣就夠了。

「可是妳穿這樣，下機的時候應該會冷。」

不過妙子的反駁超過奈穗的想像。

「請問……要去哪裡？」

「北海道。」

「…………」

目的地比奈穗預料的遠很多。

◇◇◇

『要在哪裡修行？』

『麻煩往西走。』

昨天聽到這句話，有希以為要在琵琶湖南方修行，具體的地名是甲賀，因為她得知擔任教師的黑川是甲賀流的忍者。

不過到了今天早上，她接受指示前往的地點是渥美半島的基部，縣市名稱是「豐橋市」。

（明明要進行忍術修行，為什麼非得來到這種地方？）

有希感到不滿，應該說感到詫異。

出遠門本身沒什麼好辛苦的。有希雖然不是活躍於全球的超熱門殺手，卻也曾經因為亞貿社的工作而遠征。而且不只是首都圈近郊，西到福岡東至盛岡，她經歷過每次約半個月到一個月的出差生活。

她在意的是「要修行的話不是哪裡都可以嗎？」這一點。

只過，在猜測目的地是甲賀的昨晚，她不是在想「哪裡都可以」，反而抱持著「甲賀啊……是什麼樣的地方呢？」這種期待，所以她也意外地愛跟風。

不過，這個疑問在她出站沒多久就消除了。

「有希小姐，歡迎。」

車站前方，大約是高中生年紀的美少女向有希搭話。

「……記得是亞夜子小姐？」

少女對這名少女有印象。

「妳居然記得我耶，明明只在半年多前見過一次面。」

一反字面上的意思，亞夜子的語氣是「妳當然記得」的感覺。

實際上對於有希來說，亞夜子是不能忘記的對象。她是有希實質上的老闆——文彌的姊姊。

「那時候，那個……對不起。」

而且有希上次襲擊了這名對象。雖說「那時候」是被當時任務目標的女教祖操控了內心，但她對雇主家人動武的罪過不會因而消失。這在法庭或許會因為「無責任能力」而免責，不過在有希的業界，行為與結果就是一切。

原本必須立刻謝罪才行，有希卻一直拖到今天的這一刻。這個事實也沉重壓在有希內心。

「咦？沒關係喔。畢竟我知道當時的內情，也沒有實際受到什麼損害。」

滿不在乎的這段回應，使得有希就這麼低著頭因為屈辱而發抖。正如亞夜子所說，那場戰鬥是有希單方面受創，也可以說是「被玩弄在手掌心」。

然而要是結果相反，當時的「背叛」不知是否會被原諒。自己被「打倒」反而幸運。有希以這種想法平復心情。

有希抬頭的時候，已經完全回復鎮靜。

「如此寬容的話語令我感激不盡。話說回來，妳……更正，您為什麼在這裡？」

「學校放假，所以我來接妳。與其由一群看起來有問題的男人帶路，有希小姐由我陪同比較自然吧？」

有希的外表年齡比實際年齡小。她現年十九歲，但穿著今天這種便服，看起來只像是高中生年紀。像這樣和亞夜子面對面，在別人眼中應該是同班同學或同校的學姊學妹吧——順帶一提，亞夜子比較像學姊。

「或許沒錯啦……難道您住這附近？」

聽到有希的問題，亞夜子露出深感意外的樣子。

「哎呀，文彌沒說過嗎？這裡是我們的家鄉。」

「『我們』是指……黑羽家？」

預料之外的事實，使得有希音調拔尖。

「是的，老家在市內。」

「……這就是原因嗎？」

「妳該不會在想，明明只是修行，為什麼要特地離開東京來到這種鄉下地方嗎？」

「……我並沒有覺得是鄉下地方。」

內心幾乎被完全說中，總之有希先掩飾這部分。

亞夜子只是露出微笑，沒有深入追究。

◇　◇　◇

若宮收到文彌的連絡，是十一月十二日星期一的事。

『讓你久等了。』

即使文彌在視訊畫面一開口就突然這麼說，若宮也沒能立刻想到是什麼事。

『終於決定你的教師人選了。』

聽到這句話，他終於想起自己在等什麼。

「……決定了嗎？」

若宮講得像是等待這個消息已久，但這段不自然的停頓是他掩飾時的致命關鍵。

『……難道你忘了？』

「不，沒這回事。」

若宮連忙否定，不過畫面中的文彌眼神明顯不相信。

『……哎，算了。反正是在專心研究那份資料吧？』

「我丟臉了。」

若宮斷然低下頭。

『沒關係，你看到忘我也在所難免。』

文彌很乾脆地接受若宮的謝罪。

此外，「那份資料」是黑羽家所調查，關於「魔兵研」餘黨的資料。若宮成為黑羽部下時提出的條件就是這個。

他設定為復仇對象的「魔兵研」相關人員不只是多中與米津，還對其他數名軍官與技術人員下手。

但是直到不久前的若宮是獨行殺手，某些對象實在是無從著手。不只是單純因為戒備森嚴，某些案例是連消息都掌握不到。

文彌當成「雇用契約」的訂金提供這份報告，上面甚至記載了這種現況不明的「重要人物」相關情報。若宮埋首研究到忘我，或許正如文彌所說是「在所難免」。

『回到正題吧。願意指導你的人選敲定了……若宮，你運氣超好。』

「怎麼無緣無故說我運氣好？」

對於文彌深有所感說出的這段話，若宮表示疑惑。

『話說若宮，你對自己的外表有什麼堅持嗎？』

唐突的這個問題，使得他的疑惑愈來愈深。

「……不，沒特別堅持。」

『髮型也是？』

「頭髮怎樣都沒差。」

若宮不懂這麼問的意圖，滿不在乎地回答。

『那太好了。』

「太好了？……喂，頭髮跟我的訓練有什麼關係？」

『答應讓你修行的人是……更正，場所是九重寺。』

「九重寺？我聽過這個名稱。」

『如果我說「九重八雲大師的寺廟」，你心裡有底嗎？』

「你說九重八雲？那位九重八雲要帶我修行？」

『你終究知道九重大師的名字嗎？』

「即使是我，好歹也知道當代最強忍術使的大名。」

九重八雲。如若宮所說，號稱「當代最強忍術使」，也是別名「果心居士再世」的幻術使。在魔法師之間，尤其在黑暗世界居民之間，被喻為「不知道這個名字就是井底之蛙」的名人。

『我找達也哥哥商量你的事，他就幫我拜託九重大師了。你也要感謝達也哥哥喔。』

「你說的達也哥哥，是使用超強『術式解體』的那個人嗎？」

『一點都沒錯。若宮，他是你應該設為目標的巔峰。』

「……真想見他一面。」

若宮不是說客套話，而是由衷感慨低語。

『達也哥哥也會去九重寺練武，或許你遲早見得到他吧……對了對了，實際訓練你的不是九重大師而是徒弟，好像叫做「卷雲」。不過畢竟是大師親自指名，場所又是九重寺，所以大師肯定也會偶爾看看你的修行喔。』

「光是能接受間接的指導就夠了。」

『是嗎？那就好。』

文彌滿意點頭，接著露出壞心眼的愉快笑容。

『話說回來，大師提出了一個條件。』

「條件？我做得到嗎？」

『當然。』

「……具體來說是什麼條件？」

文彌在畫面中露出的「美好」笑容令若宮在意，他戰戰兢兢詢問。

『並沒有那麼困難喔。大師說只要形式上就好，在收留你的這段期間，希望你可以出家。』

「出家？」

若宮的聲音高了八度。總之，這也在所難免吧。

「意思是要我當和尚？」

『只是一種形式。』

「……如果是要我停止報仇，那我拒絕。」

『我說過只是一種形式吧？九重大師不會講這種話。』

「換句話說是要我剃光頭穿袈裟？」

『喂喂喂，若宮，剛出家的小和尚不可能有資格穿袈裟吧？總之先剃光頭肯定就夠了。你放心，必要的物品那邊好像都會幫你備齊，你只要雙手空空去九重寺就好。』

「——知道了。要我什麼時候過去？」

若宮以認命的表情詢問。

『明天上午十點，場所我寄地圖給你。』

「知道了。」

——就這樣，若宮拜九重八雲為師。

[3]

二〇九六年十二月十五日，星期六將近正午時。

有希、鱷塚、奈穗以及若宮等四人，被叫到上次那間飯店的餐廳。

有希比指定的時間晚到五分鐘。她被帶進包廂一看，另外三人已經就座。

「有希小姐，您好慢。」

「我是最後一個啊。奈穗妳是搭飛機出遠門吧？我以為妳才會遲到。」

「我和有希小姐不一樣，會嚴守時間。」

「那還真是抱歉啊。所以妳什麼時候到的？」

「……我昨天就住在這間飯店。」

「什麼嘛，原來是這麼回事。」

「可是我按照指定的時間準時來餐廳喔！」

「這可以拿來炫耀嗎？」

兩人無意義的口角，因為文彌抵達而中止。

「大家都到齊了啊。」

一邊這麼說，一邊和眾人同桌而坐的文彌（他們圍坐的是圓桌）瞥向若宮，低調露出微笑。

「若宮，挺適合你耶。」

大概意識到著裝要求，若宮和上次截然不同，穿著灰色西裝。所以那顆光頭格外大放異彩。

「謝謝，我也覺得不差。」

「……Ripper，你怎麼了？簡直和一個月前判若兩人吧？」

正如有希所說，若宮的變化不只是髮型，不但用詞語氣去掉粗暴的部分，舉止也增添沉穩氣息。

「我這樣的人還有待努力，不過如果在各位眼中多少出現變化，都是多虧了師父的指導。」

整體來說，他透露出一個月前看不到的謙虛風範。

「簡直像是出家人……」

奈穗這句話雖然無心卻一語道破。

「喂，文彌。你把這傢伙扔去哪裡？」

「可以進行『術式解體』修行的地方。」

有希問話的語氣像是逼問，但文彌心平氣和承受。

「彬彬有禮是好事，不過崇尚道德到最後變得無法殺人，那就本末倒置了吧？」

「不必擔這個心。」

鱷塚提出的擔憂，由若宮本人斷然否定。

「人不會這麼輕易改變。我現在依然是殺手，和以前一樣是復仇者。」

「……我還是覺得你變了。」

有希輕聲說出的這句話，恐怕會讓話題陷入迴圈。

「差不多可以了嗎？」

文彌斬斷這個走向。

「我從修行場所那裡得知三人已經各自完成課題。總之先說聲辛苦了。」

對於文彌的慰勞，奈穗回應「謝謝」低下頭，若宮也將雙手放在膝蓋行禮。

「既然是『總之先說』，你還想要我們做什麼嗎？」

唯獨有希以厚臉皮的態度詢問文彌。

「『還』？有希，妳說這什麼話？」

「什麼意思？」

文彌以傻眼表情看過來，有希不禁擺出找碴態度。

「這一個月的修行，是為了讓你們學會工作所需的技能。是為了你們自己而做的事情，不是工作。」

「那麼，接下來終於要下達工作『命令』了嗎？」

有希出現可能會亂說話的徵兆，鱷塚先發制人，如此詢問文彌。

「嗯，要首度向你們團隊提出工作『委託』。」

原本輕鬆的氣氛一口氣緊繃。最缺乏緊張感的有希，率先改為專業人員的表情。

「說給我們聽吧，目標是什麼？」

「不用這麼使勁，第一次應該也得確認團隊默契，就先請你們小試身手做個簡單的工作吧。」

聽到文彌這麼說，有希也沒放鬆心情。依照至今的「實績」，即使文彌說是簡單的工作，她也無法照單全收。

文彌不在意有希的這種態度，以放鬆的態度說下去。

「有希，妳記得五月初解決的人口買賣事件吧？」（註：請參照《司波達也暗殺計畫》第二集〈某愚者的消失〉。）

「嗯，我沒忘。」

「國內好像出現新的管道，再度接連發生擄人案，受害者是擁有魔法天分的少女。」

「輸出地點也一樣？」

「一樣。」

「又要我們襲擊並且毀掉交易現場？但這不是警察的工作嗎？」

「算是吧。和上次不同，我們不必介入。但妳不覺得這是好機會嗎？」

「剛好適合成為測試我們的對手？」

文彌露出笑容點頭。

「『根來眾』涉入這場交易。但我們沒查明究竟是之前的餘黨還是其他勢力。」

「那些傢伙嗎……確實適合當成測試實力的對手吧。」

有希改以積極的態度面對這個委託。

「有希是這麼說的，你們呢？」

首先回應文彌問題的是若宮。

「這是文彌大人的命令，當然要照辦。」

「我也是。會遵照命令行事。」

奈穗也隨後接話。

「我要怎麼做？交易的時間與地點都已經查出來了吧？」

鱷塚以接下委託為前提詢問文彌。

「請你負責作戰擬定與現場指揮，好好管控他們三人吧。」

「知道了。」

文彌回答之後，鱷塚行禮表示允諾。

「ＯＫ。那麼，來說明具體內容吧。時間是後天，十二月十七日晚上十一點，地點是鹿島港的……」

【4】

兩天後，十七日晚上十點三十分。

奈穗位於鹿島港設置的門式起重機上——不是駕駛座，而是吊掛起重機的門式結構鋼骨上。

爬到這裡不費奈穗的吹灰之力。她雖然沒達到「櫻系列」要求的水準，以魔法師來說卻不是瑕疵品。即使不足以稱為一流的戰鬥魔法師，也高於實作魔法師的平均等級。

此外，她使用「閃憶演算」是要隱瞞魔法師身分，只要使用CAD就能正常發動魔法。以重力控制的魔法消除自己與行李重量，改變重力方向「步行」爬上陡峭鋼骨，對她來說易如反掌。

（好……好冷！）

只是十二月的寒風令她差點說出喪氣話。

奈穗充分做好防寒對策。以魔法防寒會持續產生行使魔法的反應所以不能用，所以彌補用的防寒物品準備周全。為了避免妨礙狙擊，衣物厚度只令她大了一圈，不過布料夾入一層隔熱素材的連身工作服犧牲透氣度，換來更勝於毛皮大衣的保溫功能。臉上也以面罩與護目鏡完全防護。

而且她這個月接受狙擊訓練的地點是冬季的北海道。客觀來看，氣溫比這裡低得多，風也和這裡差不多強，那邊的風還帶著雪花。

不過，會冷就是會冷。或許心情層面的原因比較強烈，但是在高於地面一百公尺的鋼骨上方毫無遮蔽物承受冬季海風，會覺得酷寒穿透隔熱層滲入骨子裡。

（想太多了，想太多了……）

奈穗像是念咒語般在內心複誦，試著將注意力從寒冷移開。

（這不重要，得工作才行。）

她打開迷你尺寸的三腳架，安裝機械式望遠鏡，然後從望遠鏡拉出一條線插入護目鏡端子。

護目鏡的視野變成透過望遠鏡看見的視野。

依照黑羽的調查，人口買賣的走私船在旁邊的碼頭靠岸。水平距離六百公尺。她所在的門式起重機是這區域的制高點，沒有遮蔽視線的物體。

（擄走的女生們關在那裡嗎？）

奈穗發現有座倉庫門口由雙人組監視著，所以如此推測。雙人組身穿保全公司的制服，不過說起來在二十一世紀末的現代，人類在這種時間站崗太可疑了。

（……像是他們那樣，喬裝真的有意義嗎？還是說，保全公司也是同夥？）

奈穗操作望遠鏡，將照片檔案傳送給鱷塚，改變鏡頭方向。

（敵方的狙擊手……啊，有了有了。）

奈穗聽有希說過，在上次的工作，「根來眾」的狙擊手躲在起重機的駕駛座，她將鏡頭轉向旁邊碼頭門式起重機的駕駛座，輕易找到敵方的射手。

（這是狙擊手擅長的行動模式吧。我也得小心才行。）

將行動模式被看透的風險銘記於心，將敵方狙擊手的位置牢記在心。

奈穗右腳跪下，從放在左膝前方的背包取出硬式槍盒。

打開槍盒，迅速組裝收在盒子裡的狙擊槍。奈穗接受妙子徹底訓練，即使在完全的黑暗中也能迅速正確地進行槍枝的組裝與收納。

最後安裝照準器，從照準器拉出管線取代望遠鏡的管線。步槍的照準器連接護目鏡，視野浮現十字標線。

奈穗以單腳跪射的姿勢架起狙擊槍。

（嗯，可以。）

瞄準距離最近的敵方狙擊手，得到可以命中的手感。

經過一個月的特訓，她達到能讓感覺和結果一致的水準。

奈穗左手放開槍，以指尖輕叩左耳安裝的通訊機，發出「準備完畢」的訊號。

◇◇◇

有希和若宮搭檔，在倉庫暗處等待走私船抵達。有希上次潛入被抓的少女們之中，不過這次要測試新團隊，她刻意不玩弄計策選擇強行攻堅。

已經看得見船影。從確實接近的燈火判斷，應該會在五分鐘內靠岸。

有希看向左手腕的手錶。

時間是晚上十點五十分。比之前從文彌那裡聽到的時間早一點。不，文彌說「交易時間」是晚上十一點，加算固定船隻花費的時間與登陸所需的時間就準時了。

有希看向若宮。

察覺她視線的若宮點了點頭。

這是表示「按照預定時間動手，不提前進行作戰」的意思。

有希看向若宮並不是基於「現在就動手吧」的意圖，反倒是想確認他是否焦急。

不過有希性子沒那麼急，即使剛合作的搭檔有所誤會，她也不會逐一指摘。

以有希的想法，剛搭檔就能以視線溝通比較令她發毛。

她不發一語輕輕聳肩，回頭監視目標。

賣方已經下車在等待買方。

◇　◇　◇

穿著警衛制服的男性，將「商品」的少女們帶離倉庫。

少女人數剛好十人。不到上次的一半。大概是以往負責人口買賣的極道人員死亡，導致「調度能力」下降吧。

鱷塚以有希預先安裝在倉庫牆壁的針孔攝影機看著這幅光景。

「Nut、Ripper，聽得到嗎？」

『聽到了。』

『訊號清晰。』

車用音響的喇叭清楚播放有希與若宮的聲音。看來如若宮所說，收訊狀態很好。

「看得見買方的身影嗎？」

說來可惜，貼在倉庫的超小型攝影機無法看得這麼詳細。

『……啊，現在下船了。人數……滿少的，八人。』

『甲板看得見十人左右的人影，戶外看得見的場所沒人拿槍。』

有希的回答由若宮補充。

「收到。我認為不必提防船上的步槍或衝鋒槍喔。」

『根據是？』

聽到鱷塚這番話，有希立刻反問。

鱷塚這麼說當然不只是要兩人寬心。

「Nut在五月毀掉的『交易』，好像也在警界成為相當大的問題。不只如此，去年十月才發生『橫濱事變』，開進領海的外國船以及離開領海的本國船，相關的臨檢措施明顯強化。只是手槍程度就算了，大型槍械是帶不進來的。」

『沒檢查離開領海的外國船，不就是放水了嗎……？』

「大概是人手不足吧……不提這個，Nut，差不多要開始了。」

鱷塚結束閒聊，也將奈穗加入連線。

「Nut偷襲買方之後上船鎮壓。Ripper癱瘓賣方之後，也前去殲滅剩餘的買方。Shell，開始狙擊。」

『知道了。』

『收到。』

『我知道了。』

三人回應確實收到指令。

鱷塚關閉無線電的傳訊功能。

◇◇◇

「那麼，我先走了。」

有希告知若宮之後發動「隱形」。和黑川修行之後，她的「隱形」更上層樓。在若宮眼中，有希彷彿在剎那消失。要不是在九重寺磨練過知覺，若宮將會就這麼看不見還在眼前的有希吧。

若宮再度認知有希「存在」的下一瞬間，有希真的從他面前消失。

第一步就以最高速起跑的有希，就這麼消除氣息與腳步聲突擊「買方」的外國黑道。

「咕？」「嘰！」「咳哈……！」

黑道的生命逐一被收割，只發出慘死的哀號。

「怎麼了，發生什麼事？」

率領走私集團的男性──「卡斯提Ｊｒ.」以帶著恐慌的聲音大喊時，有希已經留下三具屍體穿越現場。

買方產生的混亂也傳染到賣方這邊。

「狙擊手！看得見襲擊的敵人嗎？」

掌管賣方人員的男性（叫做「內藤」）呼叫預先部署在高處能眺望這個碼頭的狙擊手，想要確認狀況。

「…………」

但是，呼叫的無線頻道沒有回應。

「津川！辻！熊谷！誰都好，快回話啊！」

內藤以尖銳聲音朝無線電怒罵，但是依然沒回應。

繼卡斯提Ｊｒ.之後，內藤也陷入恐慌。

◇　◇　◇

奈穗扣下量身打造給她專用的狙擊槍扳機。

護目鏡連接照準器映出的視野裡，又有一人無從抵抗就喪命。

（這就是最後一個嗎……）

至此，奈穗解決的敵方狙擊手共六人。射出的子彈共六發。沒發現其他狙擊手。

奈穗沒受到任何一發反擊，就將敵方的狙擊部隊全數消滅。

（吊車尾的我，居然可以表現得這麼好……）

對於這個結果，奈穗不是謙虛而是吃驚。

（步槍與魔法的組合，原來這麼方便啊……）

她之所以沒被反擊，是因為敵方掌握不到她的位置。

或許敵方甚至沒察覺同伴遭受狙擊。

一般來說，槍擊的副產物會高聲主張射手的位置。

也就是聲音與光線。

只不過光線──槍口焰這部分，奈穗使用槍身較長的步槍，沒成為太大的問題。

此外，聲音這部分也因為消音器性能提升，得以明顯抑制發射聲。

然而子彈超越音速擊發所產生的衝擊波，在物理法則上無從處理。只要子彈在空氣中飛翔，無論如何都無法避免。

將子彈速度壓到音速以下就能迴避這個問題，但是在短距離的槍擊就算了，在長距離的狙擊難以達成。要是降低子彈速度，有效的射程距離就會縮短。

不過加上魔法這個要素就另當別論。

奈穗的狙擊槍內建ＣＡＤ。這種武器叫做「武裝一體型ＣＡＤ」或「武裝演算裝置」，是魔法師使用的武器。

儲存在ＣＡＤ的啟動式是「慣性增幅」與「音波阻斷」兩種。不是將兩個啟動式記錄在單一ＣＡＤ，是將兩個特化型ＣＡＤ安裝在單一的武裝演算裝置。「音波阻斷」可以完全阻斷彈藥灰燼產生的發射聲，「慣性增幅」是在三秒內增幅子彈與槍本身的慣性。

即使子彈發射之後的慣性質量「經由魔法」增大，重量——作用於子彈的重力大小也不會改變。結果就是和慣性質量成反比又和重量成正比的重力加速度降低（一般來說，慣性質量增大＝重量增大，所以重力加速度是固定的），就算使用次音速子彈，描繪的彈道也和超音速子彈相同。

彈道相同，卻沒產生衝擊波。次音速子彈同樣會產生風切聲，但是和超音速子彈的衝擊波比起來是完全不成為問題的程度。

藉由魔法的併用，奈穗實現了幾近完美的「無聲狙擊」。

（姊川小姐，謝謝您……）

併用魔法的這種「無聲狙擊」，構想來自本次擔任教官的妙子。妙子一直苦於射擊聲會暴露狙擊手的位置，從以前就在思考這個對策。

無法使用魔法的妙子，沒能讓「無聲狙擊」成真。但是這次收了奈穗這個學生，實際證明她的點子是對的。

妙子肯定也會對學生的戰果滿意吧。

◇ ◇ ◇

確認完全沒人狙擊有希之後，若宮也從倉庫暗處衝出來。處於恐慌狀態的內藤等人，直到若宮接近過來都沒察覺。雖然比不上有希，但若宮也在這個月的修行提升了隱藏氣息的技術。

「什麼人？」

內藤的手下認知到若宮的時候，若宮已經將所有人納入眼前十公尺的半徑範圍。

「幹掉他！」

即使陷入恐慌，終究是根來忍者的一員。聽到內藤的命令，四名手下同時拔出手槍。

若宮見狀暫時停下腳步。

同時舉起左手向前。

包括內藤在內，所有人將槍口朝向若宮。

下一瞬間，若宮的左手掌發出耀眼的光輝——在內藤等人眼中是如此。

他們不禁以沒握槍的手保護眼睛。然而說來神奇，「光輝」依然刺痛他們的「眼睛」。

若宮右手「出現」四把投擲匕首。簡直是以變魔術般的手法取出暗藏的匕首。

他在呼吸一次的時間接連射出四把匕首。

所有匕首精準命中內藤四名手下的右手。可惜其中兩把只割傷皮膚就掉在碼頭的水泥地，不過四把手槍同時發出聲音落下。

內藤將保護眼睛的左手放下。折磨視覺的神祕「光輝」終於消失。然後他看見四名屬下的武器都被擊落。

內藤默默重新將手槍朝向若宮。

但是在這個時候，若宮的左手已經再度朝向內藤。

「風」的砲彈襲擊內藤的心窩。

內藤的衣服晃都沒晃一下。

但他確實受到傷害而跪地。

造成內藤目眩的光輝，導致內藤跪地的痛楚，都來自若宮射出的想子彈「發勁」。

若宮師事的「卷雲」是九重八雲的高徒，也是「發勁」的達人。卷雲精通的不只是讓運動機能麻痺的發勁，還能針對五感——視覺、聽覺、嗅覺、味覺、觸覺，分別以發勁給予幻覺傷害。

在現代魔法，名為「幻衝」的無系統術式，在技術上和這種「發勁」類似，不過「幻衝」只能給予虛幻的痛楚。卷雲的技術多麼卓越可想而知。

若宮向卷雲學習三種發勁，分別是造成目眩的發勁、刺激觸覺的發勁，以及最重要的——麻痺運動機能的發勁。雖然還沒達到完全學會的程度，不過已經獲得暫定的認可，達到「總之派得上用場」的等級。

以刺激觸覺的發勁，也就是現代魔法所說的「幻衝」讓內藤跪地之後，若宮再度奔跑起來。戰鬥還沒了結，若宮沒有悠哉到高姿態觀察戰況。

他首先襲擊剛才發射匕首造成傷害的四名內藤手下。

揮出大型刀，接連割開他們的喉嚨。

這些手下也有人想以藏在衣袖底下的裝甲擋下若宮的砍劈。

不過若宮的刀將陶瓷板裝甲連同手臂砍斷，就這麼割破敵人的喉嚨。這是他拿手魔法「高頻刀」的威力。

若宮以一分多鐘割開四人的喉嚨，奪走他們的性命。

真的是符合「開膛手（Ripper）」之名的暴力。

雙腳跪地目擊這副慘狀的內藤臉上失去血色。

這樣下去，他只會跟著部下歸西。大概是這份危機意識超越虛幻的痛覺，內藤舉起右手，槍口朝向若宮。不過這個動作缺乏速度。

在內藤扣下扳機之前，若宮就跑到他的側邊。

內藤脖子劃出一條紅線，猛然噴出鮮血。

若宮沒有因而停手。

還有一半，目前只不過殺了「賣方」。還有「買方」的菲律賓黑道。

若宮再度開始突擊。

◇◇◇

若宮朝著根來忍者（但他們是不會使用魔法的那種「忍者」）發射匕首的時候，有希已經進入走私船。

舷梯當然有人看守。但是看守的黑道小卒直到臨死之前，不，或許即使死後都沒發現有希。有希真的是化為影子，或是化為沒有實體的鬼魂衝到敵人跟前。

爬上甲板的有希見人就揮刀。不像若宮憑著威力砍斷，是確實刺穿要害的暗殺術。

甲板上有十二名菲律賓黑道，不過直到同伴的三分之一，也就是四人被殺之後，他們才察覺有人襲擊——而且到了這個時間點，也完全沒人發現敵人是女性。

不過總之正遭受某個嬌小人物的襲擊。認知這一點的他們同時拔出手槍，瞄準跑遍甲板的人影。

這些黑道分子訓練有素。半年多前來到日本採購，包含前任首領的所有成員都沒返回，他們應該也沒忘記這件事吧。他們的實力達到可以擔任傭兵的水準。

不過交相飛竄的子彈，沒有任何一顆捕捉到有希。開這麼多槍都沒打中自己人的熟練度值得讚賞，但是有希的能耐更勝一籌。

真面目不明的襲擊者從正前方衝過來，黑道以槍口瞄準扣下扳機。

距離約兩公尺，近到無從落空。

事實上，這名男性發射的子彈命中嬌小的人影——沒噴出肉屑或血花就空虛穿過。

不是貫穿。

是「透過」。

而且在下一瞬間，男性被對方從背後割喉喪命。

這是有希在上一份工作對仲間杏奈施展的招式，超高速移動產生殘像的分身。

在忍術的二度修行中，黑川給有希的第一個課題，就是隨心所欲熟練施展這種「分身術」。

黑川說如果有希做得到這一點，就能成為超越他的「空蟬」高手。聽他這麼說的有希乖乖進行這個課題。

那時候的超高速運動來自特殊的亢奮狀態，也就是俗稱的「火災現場的蠻力」，不過有希在一個月的修行期間剩下三天時，終於完成這個課題。

成果就是她習得了只用殘像當成替身的新次元「空蟬」。

有希襲向新的「獵物」。

看得見敵方將槍口瞄準過來，扣下扳機。

由有希主動控制的危機意識不是激發恐慌，而是激發更上層樓的異能之力。

以瞬間的超加速變換方向。

發射的子彈貫穿有希留在原地的殘像。

這時候有希已經繞到敵人背後。

刀子一捅。

獵物成為屍體無力倒下。

槍擊愈來愈激烈。

瞄準的準確度成反比下降，開始誤傷自己人。

即使在這個狀況，有希依然老神在在。

不過，她沒大意。

也沒自滿。

有希確實逐一宰殺。

船上的黑道無人倖存。

〔5〕

二〇九六年十二月十八日，下午七點。

有希、鱷塚、奈穗與若宮等四人受邀享用東京都內某知名餐廳的晚宴。雖說是邀請，卻沒有主辦人。這是來自文彌的獎賞。

此外，雖說是晚宴，卻也不是拘謹的套餐，是輕鬆享用的合菜。

「這次各位辛苦了。文彌大人也誇獎說『這是可以滿意的結果』。」

玻璃杯倒入飲料之後，鱷塚傳達文彌的訊息。

「他說今後也期待我們的活躍。」

鱷塚以「乾杯」兩個字結束短短的致詞，四人喝光杯中飲料之後開始用餐。

「『今後』嗎……下次的工作應該不像這次這麼簡單吧。」

「有希小姐，請不要烏鴉嘴。您這樣是插旗喔。」

奈穗抗議的語氣並不犀利。雖然沒有淺顯地表現在態度或表情上，不過這份工作也算是長達一個月艱辛特訓的畢業考，順利完成工作應該令她樂不可支吧。

「不過有希說的也有道理。」

若宮不是以「Nut」而是以「有希」這個名字稱呼，並不是因為交情變好，是因為這不是在工作。另一個原因在於這裡不是完全的包廂，此時以代號稱呼才叫粗心。

「這次的工作不難。」

「確實是這樣。」

對於若宮這句話，奈穗沒說「又在插旗」壞了他的心情，而是以開朗的語氣附和。

「老實說，我也覺得沒有挑戰性。」

奈穗輕聲說出的感想，使得鱷塚露出苦笑。

「客觀來看，並不是這麼簡單的工作喔。之所以覺得『沒有挑戰性』，是因為各位的實力突飛猛進。包含長達一個月的特訓在內，各位真的辛苦了。」

鱷塚的稱讚使得奈穗害羞地靦腆一笑。不只奈穗，有希與若宮也露出暗喜的表情。

「這麼一來，下一份工作應該也不用擔心了。」

不過鱷塚慰勞之後的這句話，使得三人表情緊繃。

「喂，Croco……」

大概是基於長年的習慣，唯獨有希以代號稱呼鱷塚。以責備的語氣稱呼。

「雖然我覺得應該不會，不過下一道指令來了嗎……？」

「嗯，收到指令了喔。」

鱷塚一副理所當然般的表情點點頭。

「文彌大人不是說過嗎？這次的工作是『小試身手』。接下來才是重頭戲。上頭指定下一份工作要在『年內』完成。事不宜遲，明天就著手進行吧。」

有希、若宮與奈穗三人，像是預先說好般一起垂頭喪氣。

［完］

後記

為各位獻上《司波達也暗殺計畫》第三集，各位覺得如何？看得愉快嗎？

這本第三集在官方網站以〈Ripper vs 石化之魔女〉這個副標題連載，不過原先在第二集只出現名字的角色成為敵方的重要角色「石化之魔女」登場。看來我這個作家是將舊刊的設定與劇情連結起來建構故事的類型。如果有讀者不清楚最後那場戰鬥為何成為那種結果，勞煩務必回頭閱讀第二集。拜託各位了。

本集比較長的那篇是和〈古都內亂篇〉同一時期的劇情。雖然這麼說，但是劇情幾乎沒有和〈古都內亂篇〉交集，頂多只有文彌說過「在忙別的事情」而已。正傳《魔法科高中的劣等生》的角色沒有活躍，從這一點來看，這本第三集或許算是最像外傳的故事。

在此，我想說明本系列今後的展開。

正如第二集後記也提過，《司波達也暗殺計畫》會配合《魔法科高中的劣等生》的完結而告一段落。依照現在的預定，本系列的第四集出版之前，《魔法科高中的劣等生》就會完結，所以《司波達也暗殺計畫》會在這本第三集告一段落。

話說回來，我從剛才就沒對《司波達也暗殺計畫》使用「系列完結」這個說法，不知道各位是否察覺？是的。《司波達也暗殺計畫》會在第三集告一段落，不過我打算讓有希的故事換個標題以嶄新的形式開始。但還不確定會以書籍形式出版，還是只當成官方網站的內容提供給各位。

短篇〈Nut&Ripper〉定位為這部「外傳之外傳」的新系列序章。在己方陣營加入新角色也是為了新系列的布局。在這之後……我會努力不讓企畫作廢。

那麼，感謝各位陪同我一起走到這裡。

（佐島 勤）

因為不是真正的夥伴而被逐出勇者隊伍，流落到邊境展開慢活人生 1~4 待續

Kadokawa Fantastic Novels

作者：ざっぽん　插畫：やすも

身負宿命的妹妹&選擇脫離職責的兄長——
曾背負世界命運的兄妹即將展開嶄新的幸福慢生活！

露緹離開勇者隊伍後，人類最強的英雄們紛紛追著她來到邊境佐爾丹的遺跡。艾瑞斯為了實現自己的野心而意圖把露緹帶回去，當他與雷德再次相會後，終於引爆全面對決！拒絕當一名有義務拯救世界的「勇者」，因露緹而起的戰端將會如何收場？

各 **NT$200~220/HK$70~73**

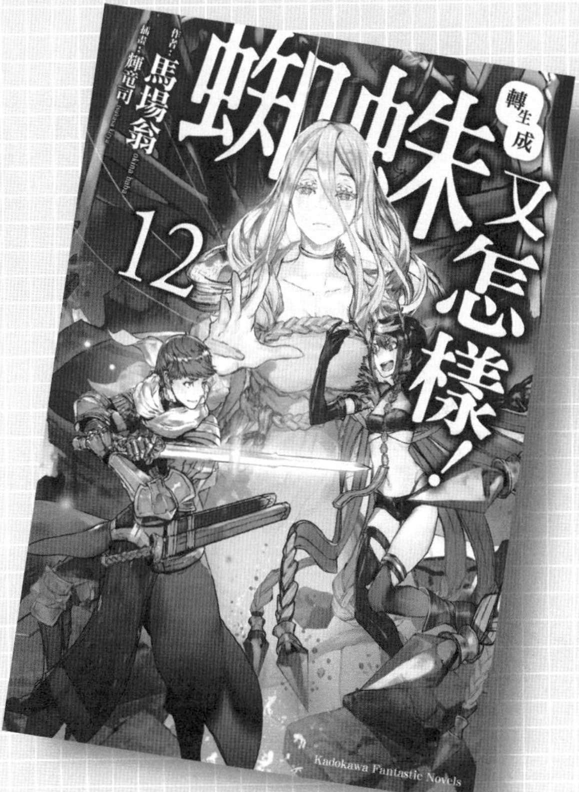

轉生成
蜘蛛又怎樣！
12
作者：馬場翁 okina baba
插畫：輝竜司
Kadokawa Fantastic Novels

刀劍神域外傳GGO 1~9 待續

Kadokawa Fantastic Novels

作者：時雨沢恵一　插畫：黑星紅白

聯手的眾卑鄙小隊當中，
不知道為什麼出現了SHINC的名字！

無論如何都想打倒蓮獲得勝利的Fire，成功拉攏SHINC加入為了打倒LPFM而組成的聯合部隊。經過與MMTM的壯烈「高速戰」後，蓮等人終於和SHINC的成員對上了，但是Fire麾下的小隊突然出現……

各 **NT$220~350/HK$73~117**

告白預演系列10

原本最討厭的你

原案：HoneyWorks　作者：香坂茉里　插畫：ヤマコ

Kadokawa Fantastic Novels

HoneyWorks超人氣戀愛歌曲「告白預演」系列第十集！
《現在喜歡上你》續篇登場！

升上高二的虎太朗，仍單戀著自己的青梅竹馬雛。他在足球社的比賽中力求表現，也在文化祭時主動邀約雛，做了許多努力。在學校舉辦的隔宿旅行的夜晚，終於決定告白的虎太朗將雛找出來，但雛卻表示「我有喜歡的人了。我一直都喜歡著他」——

NT$200/HK$67

歡迎來到實力至上主義的教室 二年級篇 1 待續

Kadokawa Fantastic Novels

作者：衣笠彰梧　插畫：トモセシュンサク

來自White Room的刺客會是——
全新校園默示錄邁入二年級篇！

綾小路等人邁入二年級，第一場特別考試是一二年級生搭檔的筆試。必須與極具個性的一年級新生搭檔，並且若搭檔總分低於基準，將只有二年級生被退學！此外，綾小路還陷入若沒識破來自White Room的一年級生，就會立刻遭到退學的狀況——！

NT$240/HK$80

異種族風俗娘評鑑指南 懸絲傀儡危機

Kadokawa Fantastic Novels

作者：葉原鐵　插畫：W18

再度體驗天國玩樂♡
話題沸騰的極限擦邊球奇幻作品♡

冒險者史坦克與異種族的損友們一起評鑑夢魔女郎，激盪彼此（性方面）感性的差異。一行人造訪了風俗店「性愛懸絲傀儡」，在店裡製作的魔像，和常去的酒場的女侍梅多莉一模一樣，並且大大地享樂一番……可是沒想到魔像竟然逃走了！

NT$240/HK$80

廢柴以魔王之姿闖蕩異世界 1~8 待續

Kadokawa Fantastic Novels

作者：藍敦　插畫：桂井よしあき

凱馮一行人踏上新的大陸！
不只遇見新的夥伴，也終於與昔日好友碰面了!?

凱馮等人稱霸鬥技大賽「七星盃」，還擊敗了七星前導龍。他們才剛抵達下個目的地——薩迪斯大陸，凱馮就被那裡的貴族抓走了！前往救出凱馮的過程中，露耶撞見孩童被黑影襲擊的場面，立刻準備出手救人，可是……

各 **NT$220~260/HK$68~87**

以我的能力創造開外掛的老婆們 1~8 待續

Kadokawa Fantastic Novels

作者：千月さかき　插畫：東西

這次凪竟假扮成蕾蒂西亞的未婚夫!?
全系列突破33萬冊的最強後宮系列第八彈！

凪一行人回到伊爾卡法與蕾蒂西亞重逢。但城市卻遭到石像鬼的襲擊，幸好凪等人打倒了石像鬼，但功勞卻被譽為「慈愛的克勞蒂亞公主」的第三公主的士兵搶走，對市民宣稱是他們拯救了城市……!?被捲入王家陰謀的凪等人能否化險為夷!?

各 **NT$200~240/HK$65~80**

狼與辛香料 1~22 待續

Kadokawa Fantastic Novels

作者：支倉凍砂　插畫：文倉 十

赫蘿與羅倫斯的甜蜜生活第五彈！
巧遇故人艾莉莎卻委託他們調查魔山祕密!?

前旅行商人羅倫斯與賢狼赫蘿再度踏上旅途。他們遇見了老友艾莉莎，並受她所託去調查一座魔山，挖掘「錬金術師與墮天使」的祕密？另外羅倫斯還以商人直覺拯救小鎮脫離還債地獄；而赫蘿的女兒繆里和矢志投身聖職的青年寇爾卻傳出舉辦婚禮？

各 **NT$180~250/HK$50~83**

為美好的世界獻上祝福！繞道而行！

作者：暁なつめ　插畫：三嶋くろね

脫離本篇繞道而行——
獻上未曾收錄在本傳的八篇小故事！

有因神祕的連續爆炸事件而被當成嫌犯的惠惠要找出真正的犯人，讓她化身為爆裂偵探的案件；有在阿克塞爾不斷行俠仗義，卻一次又一次遭阿克婭等人阻撓的克莉絲為主角的逗趣篇章；以及阿克塞爾的問題兒童們所主演的歡樂爆笑喜劇！

NT$220/HK$73

為美好的世界獻上祝福！ 1~17（完）

Kadokawa Fantastic Novels

作者：暁なつめ　插畫：三嶋くろね

阿克塞爾的問題兒童們VS魔王！
爆笑荒誕的異世界喜劇，堂堂完結！

和真一行人使用了大量的瑪納礦石，憑藉惠惠的爆裂魔法打破了魔王城的結界。和阿克婭她們會合後，眾人帶著一副目的已達成的態度準備回家，而和真則是——「掛在魔王身上的懸賞金不知道有多少喔？」沒毅力的尼特終於要挑戰和魔王進行最後決戰了!?

各 **NT$180~220/HK$60~73**

國家圖書館出版品預行編目資料

魔法科高中的劣等生 ： 司波達也暗殺計畫/佐島勤作 ; 哈泥蛙譯. -- 初版. -- 臺北市 : 臺灣角川股份有限公司, 2021.02-

冊 ;　公分. -- (Kadokawa fantastic novels)

譯自 : 魔法科高校の劣等生 司波達也暗殺計画

ISBN 978-986-524-245-9(第3冊 : 平裝)

861.57　　　　109020414

Kadokawa
Fantastic
Novels

魔法科高中的劣等生 司波達也暗殺計畫 3

（原著名：魔法科高校の劣等生 司波達也暗殺計画3）

2021年2月4日 初版第1刷發行

作者：佐島 勤
插畫：石田可奈
日版設計：BEE-PEE
譯者：哈泥蛙

發行人：岩崎剛人
總編輯：蔡佩芬
編輯：黎夢萍
美術設計：黃永漢
印務：李明修（主任）、張加恩（主任）、張凱棋

發行所：台灣角川股份有限公司
地址：105台北市光復北路11巷44號5樓
電話：（02）2747-2433
傳真：（02）2747-2558
網址：http://www.kadokawa.com.tw
劃撥帳戶：台灣角川股份有限公司
劃撥帳號：19487412
法律顧問：有澤法律事務所
製版：尚騰印刷事業有限公司
ISBN：978-986-524-245-9

MAHOKA KOUKOU NO RETTOUSEI SHIBA TATSUYA ANSATSU KEIKAKU Vol.3

Edited by 電撃文庫
First published in Japan in 2020 by KADOKAWA CORPORATION, Tokyo.
Complex Chinese translation rights arranged with KADOKAWA CORPORATION, Tokyo.